我把今天爱过了

丁立梅 著

人民东方出版传媒
東方出版社

图书在版编目（CIP）数据

我把今天爱过了 / 丁立梅 著. — 北京：东方出版社, 2020.4
ISBN 978-7-5207-1432-7

Ⅰ. ①我… Ⅱ. ①丁… Ⅲ. ①散文集—中国—当代 Ⅳ. ①I267

中国版本图书馆CIP数据核字(2020)第028351号

我把今天爱过了
（WOBA JINTIAN AIGUO LE）

作　　者：丁立梅
策　　划：王莉莉
责任编辑：王莉莉　张 旭
出　　版：东方出版社
发　　行：人民东方出版传媒有限公司
地　　址：北京市朝阳区西坝河北里51号
邮政编码：100028
印　　刷：北京汇瑞嘉合文化发展有限公司
版　　次：2020年4月第1版
印　　次：2020年4月第1次印刷
印　　数：1-20000册
开　　本：700毫米×960毫米 1/16
印　　张：15
字　　数：180千字
书　　号：ISBN 978-7-5207-1432-7
定　　价：46.00元
发行电话：（010）85924663 85924664 85924641
投稿邮箱：drunkflower@126.com

目 录

第一辑 向美而行

第二辑　每一粒时光，都含着香的

第三辑　我把今天爱过了

第四辑　脚下生莲

第五辑　草莓的活法

把持住自己，守着一颗初心，
即使处在风雨中，也能心怀阳光。
即使身在黑暗里，也能自带光芒。

第一辑

向美而行

他只是换了一个地方居住

梅子老师：

您好。

我不知道从何说起。在人生的路上，我丢了最疼我的人，感觉就像我的天空，又落了一颗最亮的星星。

我是一个初三的学生，在离家乡很远的地方读书，爷爷来陪我。这个冬天，爷爷在接我放学的路上出了车祸，走了。我受不了所有人悲悯的眼光，更受不了我最爱的老头子倒在血泊里，自己却蹲在他身边什么也做不了。他都没来得及看我最后一眼，我只记得他的呼吸越来越弱。我感觉天都塌了。

我从没见过爸爸哭得那么悲伤，也没见过家里摆着那么多花圈。人死后真的会去天堂吗？我记得足足有十七辆车送爷爷走，他会开心的，对吗？他是个一辈子强势的老头子，我还没来得及告诉他我爱他。

梅子老师，真的对不起，没给您先打个招呼，故事说得乱七八糟。我只是说了，如果您能回复，对我一定会有所帮助的。谢谢。祝您晚安。

您的读者：无常

亲爱的宝贝，你还好吗？

我桌上的水仙谢了，它跟了我一个冬天。我准备把它埋到楼下的花坛里。我坚信，那土里会长出什么来。比如说，长出几棵狗尾巴草。或长出一蓬繁缕。或长出几丛婆婆纳。有时也会很意外，能长出一些苋菜来。

人的一生，其实都在别离中，然又不是叫人绝望的。因为这世上，并没有真正的消失，只是存在的形式发生了变化而已。

我的奶奶倘若还活着，今年应该整整一百岁了。她是在八十八岁那年离开我的。我与她感情深厚。她走了，曾让我无数次从梦中惊醒。每每看到枝头的花，我都会这么想，那里肯定有一朵，是我奶奶变的——我奶奶生前是很爱花的。终究有一天，我们会在枝头相逢——这么想着，我便有了无穷的勇气，快乐地活着了。

宝贝，你掉落的那颗星星，它肯定也在地上长出什么来了，它或许长出了一棵草。或许长出了一棵树。又或许，它变成了一只调皮的小虫子。

不知宝贝有没有读过作家林清玄的文章。他曾跟人论过生死，他说，其实生跟死没什么两样……就好像移民或者搬到别的城市居住，总有相逢之日。

他走时，很突然，什么预告也没有，连衣袖也没有挥一下。他的家人，他的朋友，还有无数的读者，也只当他是去往极乐世界，或者去了琉璃净土。总之，只是换了一个地方居住。

那么宝贝，你也可以这么想，你那个强势了一辈子的老头儿，他住腻了我们这个地方，跑去别处玩儿了。他这回可任性了，非要一个人远离红尘去隐居不可。他可能住到了一个四面环水的小岛上，整天在那里钓鱼晒太阳。他也可能跑到哪座深山老林里去了，在那里与松鼠们做邻居。还有可能在哪个雪谷里种花养草，做着神仙老爷爷。

是的，他只是换了一个地方居住，他好着呢。你也要活得好好的，珍惜身边人。

梅子老师

向美而行

梅子老师：

你好。

我很喜欢你的书，初中的时候就很喜欢读。你在书中塑造了一个个纯洁的灵魂、美好的灵魂。你让我相信，这个世界上有更多的善良与理解，特别是《风会记得一朵花的香》，它陪伴我走过了一段艰难的时光，也让我懂得如何去爱护他人。

但是现在，我很困惑，我渐渐怀疑自己的人生在时间的历练中被什么一点点地腐蚀了。我现在在读高中，自认为比同龄人更成熟，所以伤心的事情也越来越多。就像我爱祖国，但同时也为社会上的不公平现象泪流满面；看到那么多像蝼蚁一样的人，他们虽然曾经拥有梦想，却因为无法坚持变得麻木。我不想跟他们一样，可是行动却因为现实跟想法背道而驰。

因为父母，因为老师，因为同学，因为亲人朋友，我想尽量兼顾所有人，所以总是把自己搞得很累。我心疼父母，他们为我付出半生，除了学习上的回报，我也自愿成为他们商业上的“工具”、人际交往的“工具”，因为他们真的为我付出很多，生活得很辛苦。可是我不想活得那么商业化，我好像比孔乙己还可笑。我也知道没有一个人是容易的，但就是不明白自己为什么会变成这样，最难过的事就是我居然想对父母讲：“我已经习惯一个人的生活了。”

梅子老师，我该怎么办？

你的读者：惘

宝贝，你好。

我很高兴，我的书陪你走过了一段艰难时光。

这个世界，的确有着诸多的不完美，它有寒风凛冽，有雾霾笼罩，有山洪呼啸，有灾难频频，它有战争、有肮脏、有欺骗、有背叛、有麻木、有伤害。但它也有春暖花开，有夏虫呢喃，有秋叶斑斓，有冬雪晶莹，它也有和平、有洁净、有诚信、有坚贞、有热血、有守护。人类之所以能够千秋万代延续下来，不是因为它的不完美，而是因为有花在开，有虫在鸣，有叶可赏，有雪可等，因为有爱在，有善良和阳光在，活着也就有了希望。

年初的时候，我曾到过印度一趟。我对印度，起初是怀着深深的戒备心的，它街道狭窄，秩序混乱，鸽群乱飞，尘土飞扬，然随着步履的深入，我看到它表象下面掩藏的那颗心，同样是滚烫的，那里的人们，也在热热火火地爱着这个人世间。我最忘不掉的是他们的笑，不管是在陋巷，还是在繁华的都市之中，你所遇到的印度人，都揣着一张笑脸朝向你。那些笑容，质朴如古城堡上的红砂岩。黑瘦的地陪导游小凯，两只眼睛晶晶亮亮地看着我们说，是的，我们印度是不够好，它还很贫穷，还很落后，但请你们相信，我们在慢慢变好。

宝贝，这会儿，我跟你说起他这句“慢慢变好”时，我的眼睛，不知为什么有些湿了。是的，我感动。人类从茹毛饮血的年代，一路走来，哪一步不是向美而行？这期间，越过多少的艰难，涉过多少的险阻？在不断地纠正错误和探索真理中，人类的步伐，从来没有退却和停止过，这才有了进步，这才有了我们现在更为开阔的天地。

宝贝，请不要怀疑自己的人生，你所看到的，和你即将看到的那些不完美，并不是这个世界的全部。这个世界风雨有，黑暗有，但阳光和光明，才是这个世界的主宰，我们不能因为某些阴暗、麻木和凋谢，就否决掉明亮、奋进和绽放。我们不能要求人人都是阳光的、光明的，但我们完全可以把持住自己，守着一颗初心，即使处在风雨中，也能心怀阳光。即使身在黑暗里，也能自带光芒。倘若如此，这个世界，便会因你而多出一分阳光和光明。

我不知道你的父母是怎样拿你当“商业上的‘工具’”的。倘若他们只是想教你一些人际交往的技巧，那也未必全是坏事情。因为终有一天，你要独自踏上社会，到那时，这些人际交往的技能，或许能助你轻松地融入社会。毕竟，人与人才构成社会，如何更好地跟人打交道，也是一门学问。只要不违背良心做事，不伤天害理，不损人利己，不问心有愧，我以为，别的，都无关紧要。

宝贝，心怀善良，相信美好，这是我要送你的话。

梅子老师

拿出真诚和真心

亲爱的丁老师：

您好！

感谢您在百忙之中阅读这封邮件。我是您的一位热心读者，四年级时语文老师将您的《风会记得一朵花的香》借给我，从那时起，我开始阅读您的作品，直到现在上初二。

我常常被您的文字所感动，也会抬头看天，也会在朋友伤心的时候，买上一本您的书送给她，并告诉她没有什么大不了，生活一直很美好。

可以说，有您的陪伴和您的故事，我的成长并不孤单。

但是我一直有一个烦恼，虽然我热爱阅读和写作，但是我的应试作文往往和老师心中的优秀作文不太一样。我认为巧妙的地方，老师却觉得不好。这让我很苦恼。您能帮帮我吗？

您的读者：如意

如意小宝贝你好，不介意我引用你发来的文章里的几段话吧：

婉月，迷蒙，芦苇萧萧；朝阳，清媚，微风依依。一路走来，岁岁情长，段段心殇，晨曦中，我找到了曾经的方向……

原，真的是一片芦苇荡，辽阔的水面映着蓝天白云，密密疏疏的芦苇一片片，又一片片，雪白的芦絮，随风飘在眼前，飘在心上。

窗外，轻风。

不记得是什么时候，只是在破碎的流年碎片中，望见那样一幕幕。

稻粱肥，蒹葭秀，黄添蓠落，绿淡汀洲。

这是你写的题为《窗外》的一篇作文里的片段。

你大概很得意于自己的用词，每一个词拎出来，都那么精雕细琢，像玻璃珠儿，亮闪闪的。但很抱歉的是，我读不出一点儿美感，读不出任何真诚和真心。是的，你写得一点儿不真诚不真心。你用尽力气，试图赋予文字以凄美和迷离，试图给它披上美丽的外衣，使它看上去又忧伤又哀怨，但你不成功。我看到的，读者们看到的，只是一堆莫名其妙的词，堆在一块儿，它们一个个睁着死鱼般的眼睛，没有生机，没有鲜活的气息。宝贝，你这分明是在自说自话，或曰说瞎话。

我的话可能说重了，但我不能违心去表扬你。写作最重要的态度是真诚。学习写作，我们先要学习老老实实说话，是一不要说成二，是二不要说成三。是黑的，不要说成白的。能够用一两句话表达清楚的，就不要设置障碍，弄出一堆废话来，让人如坠雾中还是不能够听明白。

只有让我们的眼睛和心，落到实实在在处，我们笔下的文字，才能落到实实在在处。因为真正的好文字，反映的就是我们眼中所观察到的，耳中所听到的，心中所思所想的。对一个场景描写完整，对一件事件阐述明了，对一种情感拥有真切体会，也才能使他人产生同理心，引起他人共鸣。比如跟人聊天儿，你说你想起小时候，那时在乡下，有大片的芦苇荡，每到冬天，芦苇的头上，都顶着一撮儿苇花，在风中飘荡。你这样说，听的人会在心中勾画出一幅冬日芦苇图来，并因此产生情绪上的波动、愉悦或忧伤。

但如果你这样说，啊，婉月，迷蒙，芦苇萧萧；朝阳，清媚，微风依依……雪白的芦絮，飘在心上……你觉得听的人会是什么感觉？他怕是要以为你在说梦话吧。

当然，我不是说这些词语在文中就不能用，但每个词语的应用，都要用得准确，恰到好处。不要乱造句，不要乱拼凑字词似是而非，让文字先清减下来朴素下来。等你掌握了“化妆”技巧，再给它们“化妆”也不迟，但现在，你最起码要做到的是让读者能读懂它。一句话，就是拿出真诚和真心，老老实实说话。这样，你的文章才会变得亲切和好看。

梅子老师

读好书养心

梅子老师：

就这样称呼你吧！在我眼里梅子老师真的很美丽！我也不知道该说什么，只想这样慢慢地写，很随便地写。

梅子老师，第一次读你的文章是那篇《掌心化雪》，不知道为什么，我就是很喜欢，觉得那样的老师该是世间难寻。我特别喜欢你写老师的文章，因为你笔下的老师温柔善良，有一种很特别的东西。我以前的老师读你的那篇《黄裙子，绿帕子》中的女老师讲的话“你好调皮呀”时，把“调皮”说成“diào pí”，引起了哄堂大笑，真感觉你的那位老师像极了魏巍笔下的那位老师。

昨天我在理发店，边等理发边看你的书，感觉那是我过得最愉快的一个下午。人应该有属于自己的兴趣，可惜我和其他男孩子不一样，别人喜欢打游戏，我却喜欢读书。有时感觉自己应该打打游戏，可是又对自己讲现在不可以。也许是这样吧，很羡慕那些可以边玩边学的人，而我也只敢在寒假里读一本自己喜欢的书，可以得到一些心灵的安慰！

还记得我在图书馆里一边读《平凡的世界》，一边强迫自己去写数学题。我不是很聪明，作文也写得不好，但我觉得读书应该是种享受，排除一切干扰只需做好自己！

“雪是美的，也是冷的”，经历这么多之后才发现，当我们一步步长大，就得一步步面对现实。不过我想，世界上总有“一些花儿绽放在幽谷，点亮那些冰雪似的眼神”。有的人的眼神会有光，而我的眼中却被覆盖着忧郁。不过老师，我觉得你的眼睛放着光，因为只有这样的人才能洞察出《每一棵草都会开花》。

不写了，希望梅子老师的眼里永远有光……

你的读者：独在一隅的星星

宝贝，你好。

读你的信，我的眼前晃着一个可爱的男生，他额头饱满，眼神清澈。理发店里人来人往，吹风机在呼啦呼啦响着，音响里多的是民谣类的歌，多嘈杂啊，他却捧着一本书，安静在他的世界里。那画面，让我想到一坡的芜杂之中，一枚结实的果子。

感谢你，能把读书当作享受，而不是带着功利性。那就继续读着吧，热爱着吧，你已从中收获到愉悦，收获到充实，收获到安慰，这是读书给你的最大回报。当别的男孩子在打着游戏辜负着光阴时，你在读书，这是多么值得骄傲的事！你该羡慕的，不是那些玩耍着的人，而是一个爱读书的自己啊。来，宝贝，给自己一个大大的拥抱吧！

我曾说过一句话，读好书养心。人生而为人，最需要滋养的，不是一副皮囊，而是皮囊下的那颗心。再好的皮囊，也禁不住岁月的侵蚀和磨损，但用文字浸养着的一颗心，却像玉一样的，摩挲的时间越久，它越温润。一个人的心里若住着清亮、明净和柔软，那么，他看世界的眼神便也是清亮、明净和柔软的。

一个爱读书的孩子，他的人品绝不会差。纵使他在某些方面算不得出色，但他为人豁达、善良、真诚而美好，那才是做人最大的好啊。宝贝，如果你把书继续读下去，你终将成为这样的人。

谢谢你觉得我很美丽。我争取让我的眼睛里，永远有光。

愿你也永远做个眼里有光的人。

梅子老师

好的，我们就这样说说话吧

亲爱的梅子老师：

展信佳！

我是一个多愁善感的女生，写了六年的日记，以前总是在记流水账。后来，慢慢地，长大了，日记里有了好多故事，好多感悟：有的时候觉得人生很漫长，路很远，我不知道前方的路是怎样的，是否布满荆棘，会有多少人陪我走下去，可当我听说有人去世的时候，就会感慨，时间过得好快，说不准哪天就会离开人世；有的时候，我甚至觉得自己现在的成熟、现在的懂事都不是我这个年纪应该拥有的；有的时候，我特别迷茫，问自己到底是一个怎样的人？

山东省的高考很残酷，特别是在新高考改革之后，面临着“3+3”的高考压力，我真的有些不知所措。压力大的时候，不开心的时候，我喜欢看您的书，因为可以让灵魂在里面得以安放，可以让我稍微感到世界的一丝平静。我以后也想跟您一样，用音乐煮文字，当一位优秀的作家。

有的时候就想这样跟您说说话，这是我梦寐以求的事啊。

您的读者：卿卿

卿卿，好的，我们就这样说说话吧。

我原也是个多愁善感的人呢。

记得读高中时，教室外面长着一排很粗壮的梧桐树。我总爱盯着那些梧桐树看，鸟在上面啁啾，我会伤感，啊，我为什么不能像鸟那么自由？雨落在叶子上，发出啪哒啪哒的声音，我会惆怅，唉，梧桐更兼风雨，这人生怎么就这么湿漉漉的呢！更别说秋风扫落叶了，那会让我掉眼泪的。

现在回头去看我当年写的那些日记，哦，天哪，整个一林黛玉嘛。大概每个女孩子，在青春的心里，都住着一个林黛玉的。这也没什么坏处，至少，它让我们与这个世界相处时，内心有天真，有柔软，有善良，懂得洁身自好，懂得轻拿轻放。

这个世界，多么需要一些柔软啊。所以卿卿，别介怀你的“多愁善感”，只要不过分感怀伤神就好。等走过了这段青春，历过了一些风雨，你自会拥有人生的开阔。

卿卿，哪里的高考都不轻松呢，不管是在山东，还是在别的地方。做学生本来就是一件苦差事。以前，我参加高考时，老师们说，高考就是过独木桥。千万个人过独木桥，总有人要摔下去的——这是它残酷的地方。然又有着它的公平，有能力者上，没能力者下。不练就一身本领，拿什么过独木桥呢！所以那时，我拼了命地学习，根本来不及惶恐，来不及不知所措。现在，偶尔回头去看，我对那段读书时光，真是充满留恋。虽说它又苦又累，可它饱满、充实，心无旁骛。

现如今的高考环境，比我当年的要宽松多了，你们现在过的不是独木桥，而是结结实实的钢筋混凝土大桥呢，再怎么走，也掉不下去的（除非你自己硬要往底下跳）——总有一所大学，在等着你们去深造。再不济，也还有各类技校的大门开着的。即便高考发挥得不好，那之后的之后，也还有很多机会，供你们去大展宏图。所以呢卿卿，你不必给自己太大的压力，尽心尽力就好。

很开心你说要像我一样，以后当个作家。其实呢，我的写作绝对不是为了成名成家，而是因为热爱和喜欢啊。我希望，写作也是你真心热爱的一件事，无论将来你能否成名成家，你都要热爱下去。因为热爱，不管你身处何地，心灵都将是饱满的、喜悦的。

聊到这儿，我的眼前，晃过一蓬小花。也不知怎么的，我突然就想到那蓬小花了，它们开在三清山的崖壁上。上有大山压着，根本容不得它们抽枝长叶，它们就想办法把枝蔓旁逸出来，密集的小花朵，被它们托举在半空中，跟一团紫雾一般的。那日三清山之旅，旁的景致我都印象不深了，独独这一蓬花，清晰明艳在我的脑海中。

好了，卿卿，今天我们就聊到这里吧。祝你快乐。

梅子老师

美的感知

丁老师：

您好！

我是通过微信公众号知道的您。也不知道是什么时候开始关注您的，只记得看到的第一篇文章叫《掌心里的温暖》，您的文字带给我灵魂上的震撼，是其他公众号的文章不具备的。

知道您后，家里多了几本书：《花未央，人未老》《只因相遇太美》《低到尘埃的美好》《住在自己的美好里》《仿佛多年前》，好几次我是含着泪看完一章，感动又温暖。

谢谢您，让我找回了那颗触动的心。

在此之前，我都忘了自己有多少年没认真地看过一本书了，但现在每天都会看上几篇。从字里行间感受您对生活的热爱，对亲人的感恩，对大自然的享受……这是我目前向往却又达不到的境界。有时候心里有很多感受想要抒发，却被堵得心慌难受，很想学您那样把它们捏成一颗颗的文字排在纸上，可提笔又不知该如何表达。老师，要怎样才能像您那样做到我手写我心呢？我很想很想跟您学习写作，您收徒弟吗？

您的忠实读者：纭纭

亲爱的纭纭，你好啊。

能让你“找回了那颗触动的心”，我觉得非常幸福，我要谢谢你才是。

昨天傍晚，我去医院看望我的老父亲，他身体里有些“机器零件”已完全失灵，出入医院成为家常。我提着带给他的一堆东西——面包、水果、八宝粥、卷纸、毛巾，一路走过去。我喜欢走路，因为走路能让我抬头看天，低头见花，能让我不断有新的“遇见”。每一次走路，在我，都是去捡宝贝的。

这次，我捡到的“宝贝”首先是路边的紫薇花。秋渐深，别的植物都慌里慌张，忙着举行告别宴，它们倒好，气定神闲得很，慢慢地开着花，把些红颜色紫颜色白颜色，一点点涂上身。我站定，看它们，每回看，都有新的柔软碰触我的心。植物的活法，岂不是人的活法？人类从它们身上，总能学到点什么。我又想到那样的诗句“青瓷瓶插紫薇花”，这简朴的清供，实在动人。日子的美好，原在这样的简朴中。

我又抬头看天，这是我最喜欢做的事。我以为没有什么事物的语言，比天空的语言更丰富。这时的天空，带给我的，除了震撼，还是震撼，透明的、干净的、像溪水一般的天幕上，白云朵驾着风马在赛跑，仿佛有上千顷盛开的茅花，沸沸扬扬拂动起来。

那一刹那，我如禅定了一般，我被巨大的美所淹没。到我见到我的老父亲时，我一直在笑着。我告诉他，爸，你知道外面天空有多美吗？老父亲笑了，躺在床上静静听我描述。是的，我把这个美的天空也带给了他。让他感到，他从未与这个世界脱节，他还活在这样的美好里。

这是美的感知。人类需要的，正是这种感知美的能力，使寻常的活着，有了意思。我们的文字，要传递的，也正是这种能力——美，无处不在。当你真正具备了这种能力，你手下的文字，就成了自然而然。你只要忠实于你所看到的，你所想到的，不伪不装，简朴一些，再简朴一些，写下它就好。

不要急着去表现所谓的深刻，不要急着去雕刻它的所谓文学性，丢掉那些文学的路子吧，花是红的，咱就写下它是红的。草是绿的，咱就写下它是绿的。叶子是黄的，咱就写下它是黄的。看到叶落，总不免要想到离别，想到一些人。好吧，那就温暖地想着吧。我在等着来年的叶绿花开，也等你。

梅子老师

每一滴流水上，都写满美妙的诗行

梅子老师：

您好！

我是一名初三学生，家居小乡村。我们年级人不多，一百五十人左右，我一直是第一名。

不知为什么，所有老师都说，你要一直保持第一名呀。

在我的内心，我觉得人不应为名次而活，但所有老师和一些同学给我的压力太大了，而且年级第二名也已经凭着他的努力赶上了我，我不知道现在到底应不应该重视这个第一名。

我喜欢读书、喜欢英语，我想拿出很多时间来追求内心的热爱。您说，已经初三的我，到底应不应该减少在读书娱乐上的课外时间？

另外，我虽然读的书较多，但语言生动性还是较差，请问梅子老师如何尽快提高语言生动性？

谢谢梅子老师啦！

您的读者：狗尾巴草

宝贝，你好。

我可以为你感到幸运么，因你家住小乡村？

我也是小乡村的。从那里走出来这么多年，回顾来时路，对我影响最大的，就是我的小乡村。我是在那里，认识了天空、云朵、晚霞、星星，认识了河流、庄稼、池塘、沟渠，认识了蜻蜓、蚂蚱、蜜蜂、蝴蝶、蚂蚁、青蛙、瓢虫，认识了车前子、泽漆、荠菜、益母草、繁缕、一年蓬、野蒿、蒲公英，认识了麻雀、喜鹊、鹧鸪、布谷鸟、画眉、芦苇、茅……我在《诗经》里，总能一下子找到我的小乡村当年的样子。我在唐诗宋词中，总会捡拾到我的小乡村当年落下的霜和雪。宝贝，最好的语言是在大自然里。你离大自然越近，你会“读到”越多，那里的每一棵草、每一朵花、每一棵庄稼、每一声虫鸣鸟叫、每一滴流水上，都写满美妙的诗行。

想来你懂我的意思了。我们爱读书，但不要把书读死了，必须让它回到自然里，回到生活中。比如，书里写“兰叶春葳蕤，桂华秋皎洁”，那我们在春天的时候，就要带上眼睛，看看兰花以及别的植物，是怎样“葳蕤”起来的。只要有春天在，生命就有蓬勃生长的机会；而到了秋天，桂花如月光般皎洁在枝头上，给人高雅清洁之感。那如果是白天看呢，那些花朵上，是不是附着了阳光的影子，熠熠生辉？你这么看着想着，一些生动的语言，自然而然就会蹦跳出来。

读书与学习并不冲突，它反而会促进学习成绩的提升。书读得越多的人，获得的智慧也就越多。当然，要看你读的是什么书。那些纯粹的娱乐性的书，我希望你少读些，它们相当于油炸膨化食品，对人益处不大，有时吃多了，反倒会损害身体。我建议你文学类的书读一些，历史类的书看一点，地理类的书也可以涉足一二，甚至于建筑类的、音乐类的、美术欣赏类的书，都可以了解一点——如果你喜欢。所有的艺术，都是相通的，它们会让你的生命变得饱满、变得厚重。

名次在前固然好，但不要过分在意名次，是第一也好，第二也罢，那都是暂时的。你大可不必把别人的期望，当成自己的包袱，背在身上。你只要遵循着内心的热爱，认真地走好自己的路，一路向前，努力奋进，你的人生，绝对会活得很精彩。

梅子老师

闭上眼，先美美地睡上一觉吧

梅子老师：

您好！

我是一名高三的学生，距高考还有276天的时间。时间过得真快，转眼间我也要面临高考了。

我是一名文科生，有自己的学习计划，但是被一大堆的作业挤跑了自学的时间，自己也挺无奈的。还有，像历史这样的学科，有些内容自己看看书就明白了，可是又不能不跟着老师的步调走，现在感觉所做的很多事情并不是自己喜欢的。

还有作业，有时压根儿就写不完，实在是令人头疼，好像总是找不到自己的学习方法，忙忙碌碌地写作业、上学、记忆……其实也没学到什么。

我上课偶尔还会困，强行让自己清醒时就听不进去课了。还有周围的同学，写作业的速度貌似都比我快，比我超前，我也很苦恼。

已经读高三了，我觉得自己身体上、心理上都需要调整一下，希望梅子老师能够帮我答疑解惑。

您的读者：西江月

亲爱的月月，你辛苦了。

人生路上多的是风雨，为了抵挡这些风雨，我们必须历练一些本领。

而读书学习，是其中最大的本事。祖先有训，吃得苦中苦，方为人上人。这是对读书人讲的。读书向来是件苦差事，没有谁天生喜欢这件苦差事，然，一代一代的人，还是奔赴在读书的路上。人生的厚度，因此而增加。

我也曾经历过紧张的高三生活。大学毕业后，做了老师，亦曾多年执教高三。再再后来，我的孩子，也从高三走了过来。对了，他在念高三时，我每天记录他的高三生活，还因此写下一本书，叫《等待绽放》。

我的经验，高三的日子，与别的读书的日子，并无两样。一样的上课听课，一样的温习做作业，一样的叶绿花开有四季，只要保持自己的学习节奏，到高考时，就不会出现太大的偏差和意外。

可是，偏偏紧张了，偏偏恐慌了，偏偏手忙脚乱了，每个人似乎都在争分夺秒着，让高三的每一天，都弥漫着硝烟。表面上看，是把时间抢到手了。可实际上呢？时间本来就在那儿，不增不减，你在慌乱的忙碌中占有的时间多了，势必用在睡眠和休息上的时间就少了。结果是："上课偶尔还会困""忙忙碌碌地写作业、上学、记忆……其实也没学到什么"。

真是替你委屈得慌呢，挤掉那么多本该睡眠、休息的时间，你只是重复地机械地把时间的空隙给填满了而已，只是做了一场又一场的无用功，代价却是身体的虚弱，是永远睡不够的苍白，是上课也无法集中注意力的疲惫。

月月，是到了狠下心来说"不"的时候了。人各有异，每个人都应该找到适合自己的学习方法，而不是从众，不是随大流。你可找老师好好沟通一下，让他们能够稍稍放手，给你一些支配时间的自由，让你能够按照自己制订的学习计划来走。哪怕先试行一个阶段也行，如果效果不错，咱就继续进行下去。如果没达到预期效果，再改变学习方法也不迟。那些你会做的题，可以少做，甚至不做。那些你已弄懂的知识点，可以少听讲，甚至不听讲。把这些时间腾出来，做你自己计划中的事。你也不要跟谁比做作业的速度，也不要跟谁比刷题，你只需按照自己的节奏来，夯实你的每一个知识点，举一反三，这应该比重复地做题效率要高得多。

月月，不要去打时间战，不要去打题海战，精做精练，查漏补缺，方为上上策。到该睡觉的时候，要好好睡觉。到该休息的时候，要好好休息。你甚至可以看点儿课外闲书，听一些好听的音乐，让紧张的大脑，得到放松。这样，你才能在课堂上神采奕奕精力充沛，你也才能够在做题时思维敏捷游刃有余。

嗯，闭上眼，先美美地睡上一觉吧，天不会掉下来的。宝贝，倘若你以愉悦心平常心对待高三，或许别有洞天呢。

梅子老师

清水出芙蓉

梅子老师：

您好。

自从上了初中后，我就在学习写作文上有很大的困惑：老师讲作文的时候大多数要求“美”，我却总是用不到美丽的词句。我就是想问一下，如何可以获得大量美丽的词句，又该如何运用？

您的小读者：小西柚

宝贝，你好。

文章之美，应该是指文章本身所散发出的动人的味道。这种动人，也许来自于故乡的泥土；也许来自于植物和花朵；也许来自于日月和星辰；也许来自于家常的饭菜，来自于一盏灯的守候，来自于一个人的惦念、扶助和信仰；也许来自于陌生人脸上的一抹微笑……它们无一例外地，都有着鲜活的生动的气息。

任何一个事物，任何一种情感，是有着它内在的质地的。“词句”所要呈现的，正是这样的质地。倘若你做到了，哪怕只是简简单单的几个字，它也是美的。比方说，久别重逢的两个人，四目相对的刹那，只轻轻一句问候，你还好吗？这就抵得上千言万语了。

——你还好吗？

你认为这样的词句华丽吗？好像不。它直白得很，可却美得动人心弦，万千个往昔，都浓缩在这一句里了，思念有，牵挂有，委屈有，不舍有，真正是悲喜交加呢。

宝贝，词句的美与不美，不是光靠外表的光鲜与否来判断的。就像我们通常看待一个人，不施粉黛有时好过浓妆艳抹，清水出芙蓉，天然去雕饰。那些自然的、本真的、质地分明的，从你的心底流淌出来的话语，有着鲜活的温度，有着干净的味道，有着真情实意，即便它们看上去，只是明明白白的大白话，反而更能扣动人心。毫无疑问，它们，是美的。

当然，一些词语不会自己从天上掉下来，它们靠的是你平时阅读的积累。俗话说，巧妇难为无米之炊。假如把写作比作做饭的话，词语就是我们用来做饭的“米”，你再聪慧，如果没有掌握大量的词语——这做饭之米，你也就很难驾驭一顿饭，写不出动人的文章来。

在阅读时，可多涉及一些古典文学，尤其是《诗经》和唐诗宋词类的。那些篇章里，养育着大量精妙的词句，你读多了，它们不知不觉就会成为你的营养，滋养着你的心灵，并从里面生长出属于你的语言。到你写作的时候，你的笔下，自然而然就会流淌着一条词语的河流，你想用哪个就用哪个，尽着你挑选。一个词语的美与不美，有时，要看你用在什么地方。如果你用得恰如其分，恰到好处，那么，纵使这个词语是很平常的一个，它也能散发出美的光芒。

宝贝，在写作上，我们千万不要为了追求“美”而美，不要希求文字都做园中牡丹，让它们做做野外的小花小草也不错啊，自然天成，朴实无华，有着绵长的味道。

梅子老师

护住你的一颗初心

梅子老师：

您好。

最初遇见您的文字是通过语文试卷中的阅读题《小欢喜》，那次阅读我破天荒地只被扣了2分，那篇文章也让我开始关注生活中的点点滴滴。再后来，我买了您所有的书，喜欢上您那质朴又不失细腻的文笔。

我也是个热爱写作的学生，我喜欢用笔记下点点滴滴，感受生活带来的美好。自从上了八年级，我接触到了议论文，每次大考小考的作文虽说文体自选，但语文老师说只有写议论文才能得高分，还给了一大堆范本，比如第一段写什么，第二段写什么。在我看来，这样的文章没有灵气，事例论证一个不能少，先写古代再写现代，然后泛例……这种套路我真的不能再熟悉了。然而我喜欢跟随自己的想法去写一篇属于我的文章，我的文章可以没有华丽的词藻，没有惊天动地的大事，也可能得不到高分，甚至会影响到我的中考成绩，但是必须是我想写的。老师说，很无奈，形势就是这样，想得高分，就得要一步步跟着套路走。

我想请问梅子老师，如果为了追求高分而放弃自己喜欢的文字，是否会对文字失去初心？

您的小读者：婉婉

宝贝，真好，你对“写作”，用了“热爱”这个词。人生因了这个词，多出许多的温度、美好、趣味和生动，但愿你能永远热爱下去。

你苦恼着现在的考试作文，完全脱离了你的主观愿望——你的这个苦恼，既是很多孩子的苦恼，也是部分老师的苦恼呢。

我给阳台上的斑叶竹节秋海棠浇水，一边想着怎么答复你。

我先给你描绘一下这种花吧。它的叶子的观赏性就很强，阔而大，背面是红色的，正面的青绿上，点缀着一些白的小斑点。这样的叶子，若是扯下来，直接做件女孩子的披肩，应该甚是好看。

它一年四季都在生长着，似乎永不凋落。事实上，它也在凋落，只是新生和凋落在交替进行中，容易被人忽略。花期也特别长，从春开到夏，从夏开到秋。花朵起初像一颗颗红红的小心脏，慢慢地，那小心脏打开了，从里面露出像小蛾子一样的黄花蕊，花蕊的头上，还戴着一顶漂亮的小花帽子。它要么不开，一开，就是一把。对，是一把花，如一把小小的果实，坠着。

它的故土，在青海的一个农家小院子里。那是我朋友大福的家乡。他回老家，不远千里，把它一路带过来，分我一枝。这枝秋海棠，很快繁衍出更多的秋海棠来，也不过几年的工夫，我的阳台就被它们整个地占领了，子子孙孙无穷尽。我每天早上起床的第一件事，就是跑去看它们，它们总是呈现出欣欣向荣的样子。时光在它们身上，永远是蓊郁丰盈的。我的一天，因它们，也就变得蓊郁丰盈起来。

宝贝，我跟你描述这些，你的心中是否因我的描述而有所触动？是否眼前也盛开着一盆一盆他乡的秋海棠？是否也因这生命的代代无穷尽而心生欢喜？倘若是，那么，我的文字它便是成功的——文字的真正力量，不在于它以何种形式呈现出来，而是它有没有打动人。

我一直比较反感“考场作文”一说。何谓考场作文？它只不过是平时的作文腾挪了一个位置，在固定的场所、固定的时间段里完成而已。

你若平时作文能写好，考场上，也一定能写好。你若平时作文写得动人，考场上写出来的作文也不会差到哪里去。好吧，就算真的有一种作文类别，叫“考场作文”，但它也是我们一个字一个字写出来的，也一定不能脱离了真情实感。阅卷子的老师不是机器人，他们，就是我们寻常人中的一个，我们拥有的情感，他们也都拥有，能感动我们的事物，一定也能感动他们。当他们在一堆假大空的作文里，跋涉得万般辛苦时，突然，冒出一篇真正动人的文章，想不让他们的眼睛为之一亮也不能够呢。

所以宝贝，文字的表情只有一个，那是“真”。至于用什么文体写作，并没有那么重要，不要拘泥于是写议论文，还是记叙文，还是散文，文体与文体之间，本就无明确界定（诗歌除外），它们之间完全是相互贯通的。倘若指定非写议论文不可，你也可以写得鲜活一些，生动一些，写成夹叙夹议的，用精彩的小故事（可以是身边的，可以是他人的，这些故事，不受时间、空间限制，但它们一定是生活的），来阐释一些人生的小道理。先秦诸子百家的散文，哪一篇拿出来，都是文采斐然的议论文呢。

宝贝，护住你的一颗初心吧，真正的好文字，是绝对不会被埋没的。

梅子老师

人心就是这个世界

梅子老师：

你好。

最近我开始困惑，为什么我一再谦让，步步小心，还是有很多人处处针对我、排挤我？有些时候，我得知了他们心里的想法，就好难过，我真不知道自己做错了什么。我很想问一句，到底什么才是人心？我知道这很复杂，但我依旧想知道答案……

你的小读者：小叶

宝贝，一个人如果遭到很多人的排挤，我以为情况不外乎这几种：

一、他的性格有缺陷，行事乖张，让人难以理解和接受。

二、他过于懦弱，缺乏做人的底气。

三、他过于优秀，鹤立鸡群，木秀于林。

你属于第几种呢？看你“一再谦让，步步小心”，显然你不属于第一种。

那么，你是不是属于第二种？倘若是，那你可要警醒了。弱肉强食，这是丛林法则。一个人如果一味地懦弱下去，最终只能被人瞧不起。甚至，连他自己也瞧不起自己。

要改变目前这种局面，必须从改变你自身开始。你首先要自信起来。为什么不呢？你就是你，不比别人少鼻子少眼睛的，有什么可自卑的？

遇事不要怕，要有直面的勇气，敢于担当，敢于表达。这样的你，身上会充满一种蓬勃的力量，再没人敢小瞧你了。

又或许，你是属于第三种。别人针对你，排挤你，不是你有什么错，而是因为你的优秀“刺伤”了他们，他们嫉妒了。

——若是这样的话，你就大可不必为此苦恼，更不必为了所谓的“合群”屈尊就卑，竭力去讨好。君子坦荡荡，小人长戚戚，你磊落光明，别人再排挤，你又有何惧？天长了，日久了，谁是光明的，谁是阴暗的，便都一目了然了。喜欢光明的人，自会聚到你身边，追逐阴暗的人，你就随他们去吧。

每个人都有自己的底线，当他人侵犯了你的底线，这个时候你就没必要谦让和小心了。最好的还击是，我就是高奏我的进行曲，我就是坚持做我自己，我就是越来越优秀，气死你！

盛开的花朵吸引蝴蝶和蜜蜂，也有蚊子和苍蝇来扰。这世上，有阳光，便有阴影，这才构成了一个完整的世界。所以宝贝，你不必介怀他人的阴暗，管好我们自己就好了，努力让我们自己不被阴暗所俘虏，不跟它同流合污，不成为它的追随者和帮凶。你若是明亮的，这世上便多出一份明亮。

人心是什么呢？这个问题是没有标准答案的。你说它是海洋，对。你说它是天空，对。你说它是变幻莫测的云烟，也对。人心啊，它就是这个世界。世界有多大，人心就有多大。世界有多缤纷复杂，人心就有多缤纷复杂。不必去揣测他人的心，你揣测不了的。还是随缘吧，等我们遇到了同频率的心，自会撞出火花。

那个时候，我们告诉自己的，唯有两个字：珍惜。

梅子老师

因为喜欢，所以坚持

梅子老师：

您好！

我是您的读者，同时也是一个文学爱好者。我想做一名好编辑、好作者，但一个人坚持着做自己喜欢的事，很难，真的很难。我常常以“就算只有一个人，我也可以坚持下去”为借口，去鼓励我另外一个朋友，可换作自己就没有底气了。

我知道在背后努力，总有一天会被人看到，也知道如果不珍惜机会，就会被埋没在黄沙中。可我觉得机会渺茫，直到现在，我还在原地踏步。尽管我有一颗前进的心。

你的读者：亭阁飞花

亲爱的，你好啊。

和你一样，我也曾经历过失意迷茫。

那个时候，我拼命写稿，拼命投寄，我希望得到别人的认可。然而，千百份稿件投出去，都是黄鹤一去不复返。连我们的地方小报，也毫不留情地拒绝了我。唉，我火热的一颗文艺心，真是饱受打击。

在极度沮丧下，我问了自己两个问题：

一、我为什么要写作？

二、我还要继续写吗？

我几乎不假思索，就回答出自己的两个问题：

我写作只是因为我喜欢；我当然要继续写下去。

那么，好，既然是我自己喜欢做的事，与他人也就不相干了，与发表也就不相干了，我为什么一定要得到他人的认可呢？这就像你爱上一个人，爱就是爱了，别人同不同意你爱他，或者他爱不爱你，你都不在乎，你爱着就好了。

再往下走，我的心态也就平和了很多。我不再纠结于发表与否，不再苛求于别人的欣赏或不欣赏，我像个热爱土地的农夫，只管享受耕耘的乐趣。至于它能长出什么来，那与我，关系也不大了。它或许长出一片草来，我也是高兴的。我可捉些羊来放养。它或许开出一簇花来，我当然高兴了。我有花可赏，且每日剪下三两枝作清供。它若肯结出果实来，那我就更高兴了，我会把它当作天赐的礼物，邀请他人一起品尝。

我抱着这样的心态，喜欢着我的喜欢，一路走到现在，走得快快乐乐的。有人看见了，也有人没看见，对我来说，几无影响。看见了固然好，看不见也没关系，我不是因为得到谁的关注才走下来的。

你或许会说，呀，我好羡慕你，你现在多有成就，我要是能成为你这样的就好了。

我笑。我看一眼我的窗外，今天的天真是蓝得很，上面堆积着一堆的白云朵，像是谁做出的一堆冰淇淋。我想，天空不是因为有人欣赏，才变得这么美的吧？它只是因为它喜欢。

因为喜欢，所以坚持。坚持着坚持着，或许就有了自己灿烂的样子。

亲爱的，属于你的人生路，只能一个人走。倘若你真心喜欢文学，那就走下去吧。在这条路上，绝大多数时候是孤独的、寂寞的、无人喝彩的。你耐住了这样的孤独和寂寞，你也就能走到那光亮之中去，成就你自己。

当然，坚持的本身，就是一种结果，一种进步，一种辉煌。

梅子老师

给他，你的温度

梅子老师：

你好。

我们班上有个同学从小仇视老师，情绪特别容易激动，撕书咆哮，上课几乎没有安分过一分钟，所以班主任对他不做要求。但是我感觉越是这样，他越容易变本加厉。请问您，老师应该对这种同学冷处理吗？

你的读者：槿夕

亲爱的，这世上，没有无缘无故的爱。同样的，也没有无缘无故的恨。

你说的这个孩子，他打小就“仇视”老师，这令我十分惊讶。

打小？小到什么时候？是从幼儿园开始，还是从小学开始？

好吧，我们假定他是从小学开始，那个时候，他不过八九岁。一个八九岁的儿童，就对老师这个群体，从此仇恨上了，这该受过多大的刺激！

你说这孩子一见老师，“情绪特别容易激动，撕书咆哮”——这样的举动，不是从娘胎里带来的，一定有着它的诱因啊。我这么推测着，也许在他小的时候，真的因某个老师的不当行为，受过刺激。而这种刺激，并没有引起他人重视，任由阴影在他小小的心中生根、成长，以致蔓延成一片。

一届一届的老师，都先入为主地，把他列进了“黑名单”，视他为另类。

就像他现在的班主任，“对他不做要求”——这是多么大的冷漠和伤害，这比打他骂他更可怕！我们设身处地地替这个孩子想想，假如你处在他的位置，一天一天的，就这么被一个群体漠视着，你会做出怎样的反应？这样的孤立，足以杀死一个孩子的天真和善良。

亲爱的，不要对他冷处理。你试着关心他，试着用你的温度，去温暖他，试着找找他身上的闪光点。或许他唱歌不错呢？或许他画画不错呢？或许他爱好打球呢？或许他喜欢小动物呢？和他聊聊这些吧，哪怕是聊聊他喜欢的动漫也好，聊聊他喜欢的歌星、影星，这也会让你离他的心灵近一步。等你们很熟悉了，等他能够接受你了，你再跟他聊聊他的从前，说不定聊着聊着，就让他的心结解了呢。

也许你的靠近和努力，不能让他有多大改观，但你的温度，一定会在他的心中，留下一抹柔软。让他对老师的“仇视”，会因此而减少一分。哪怕仅仅是减少一点儿，也是好的。

有的时候，老师的一个举动，一句话语，一个眼神，足以改变一个孩子的一生。

梅子老师

每一天，都是新的

梅子老师：

你好！

我每天坚持写日记，却觉得没什么素材可写，是写全天呢，还是只写一件事？我妈说我写的全是流水账，没什么用处。

有时我真苦恼啊，生活里哪有那么多的事可写啊。可是，又不得不写。

梅子老师，你能帮帮我吗？

你的小读者：软软

宝贝你好，瞧你这么认真询问的语气，你一定是把写日记当成作业来完成了——如果真是这样，那就一点儿也不好玩了。

写日记本是件好玩的事情呢，轻松，自在，愉快，是随便乱丢字。对，就是随便乱丢字。就像小孩子站在河边扔石子儿玩，他能兴趣盎然地玩上大半天。为什么呢？就是因为他高兴啊。

写日记也是如此，你手里的文字就如同小石子儿，可以任由你扔着玩。你不用考虑结构布局，不用考虑如何升华，也不用考虑走不走题，你只管跟着你的心情走，用你自己的语言，写出你最真实的想法（说不定写着写着，你就有了自己的文字风格了呢），它可以是快乐的，也可以是不快乐的。总之，它是属于你的，是你和你的灵魂在对话。

一天里，你总要有些遇见的吧。吃了一顿美味的饭菜，值得记录一下；

看到一朵好玩的云，值得记录一下；遇见一只可爱的小鸟，值得记录一下；撞到一只调皮的小猫，值得记录一下。看到绚烂的花开了，值得记录一下；看到红红的叶子，值得记录一下；听到好听的歌了，值得记录一下；看到月亮升起来了，值得记录一下；与好朋友一起去看电影了，值得记录一下……

每一天，都是新的。每一天，都有新的期待新的遇见。你若能把这些如实地记录下来，那么，你在人世间的每一步行走，都已深深烙上你的印迹。待多少年后，你在夕阳下回顾往事，多少的人和事，都已成云烟飘散，再难追寻，然等你打开你的日记本，你曾经经历的一切的一切，都在你的文字里鲜艳地存活着，无一遗漏。你整个的人生，因此而格外有了意义，这是多么值得感恩的事！

宝贝，我希望写日记能成为你的小日常，就像渴了就要喝水，饿了就要吃饭那样自然而然。天长日久地坚持下来，你不单能提高你的书面表达能力，还能从中汲取到营养，享受到无限的乐趣。

梅子老师

在细水长流中，细数流光

丁阿姨：

您好。

我学习写作已经两年了，但是至今没有写出让自己满意的文章。我都想放弃了，可是又很喜欢写作，我是否应该坚持下去呢？我应该怎么努力，往哪个方向努力？怎么学习，以什么方式学习呢？我很迷茫，希望得到您的回复，谢谢。

您的读者：东东

东东，你好。

我想问你一个问题：你为什么要学习写作？

你肯定会回答我，因为喜欢。

倘若你是真心喜欢，又何来的失望和迷茫？你只管喜欢下去就是，不管它是长成小草的样子，还是开出花朵的样子，你都会喜欢。因为，自己真心喜欢的事情，只与自己有关，它无关乎名利得失。

但很明显的，你并不是真心喜欢写作。你说你至今没有写出让自己满意的作品。我很想知道，让你“满意”的标准是什么？是发表了？是出书了？还是通过它成名成家了？

如果你以这样的标准来衡量写作，那我劝你最好还是放弃吧。因为写作一旦功利性太强，就难免要去迎合和讨好，要去干些讨巧的走捷径的事，这对于写作来说是伤害，会让你离真情真意远了，会让你渐渐地看不清自己的初心。

我不知道你是如何理解写作的，在我，它是灵魂发出的声音，或欢乐，或忧伤，或明媚，或缤纷，它洁净、纯粹、婉转，能抚慰我的五脏六腑，让我在精神的王国里，成为自由自在的王。

东东，写作是个长期的过程，是在细水长流中，细数流光。它必须耐得住寂寞，守得住清贫。你不必刻意去经营，你只要忠实于你内心的热情，让笔下的每一个文字，都能带着你应有的温度，就这么写下去、写下去。也许某天，你与它劈面相逢，你会惊讶地发现，它早已在不知不觉中，长成一棵参天大树了。

梅子老师

一苇可航

梅子姐：

你好。

想跟你说说我的烦恼。

我今年十五岁了，没有交心的朋友，微信、QQ、微博上几乎没有人给我发消息。有些话无处倾诉，孤独的感觉就会愈来愈强烈。我总感觉自己得了“阳光孤独症”，看着快乐、开心、乐观、努力学习，其实内心很难受。我承受着初三的巨大压力，负重前行，每天都不敢有一丝懈怠。我很遗憾没有一个能同甘共苦、从小玩到大的朋友，如果有，至少不会这么难受了吧！

梅子姐，你说呢？

你的小读者：夜空航行

宝贝，你是不是夸大了你的孤独呢？

学习的压力，不是你一个人才有的哦，天底下读书的孩子，没有一个是轻松的，他们都在“负重前行”呢。一个校园，有那么多班级，一个班级，有那么多孩子，他们不正和你同甘共苦着么？宝贝，你根本不是一个人在奋斗，而是一群人呢。

你感叹没有交心的朋友。或许，你的同学也在这么感叹着呢。我们总是揣着小心事，期望着别人来理解我们，来做我们的解语花，这多半是不可能的。因为，你不跟人家交心，人家又怎么可能跟你交心呢？

人人都隔着河岸，期待对方的光临。其结果是什么呢？哪怕等上一千年一万年，对方也不会光临的吧。这个时候，哀叹和遗憾是无用的，只有主动想办法靠近。

心与心的距离，有时并不是我们想象的那么遥远，它或许只有一只胳膊的距离，一苇可航。你为什么不试着向前迈上一步呢？用你的微笑，你的理解，你的宽容，你的活泼，你的真诚，你的热情……渡过这条横亘于你们之间的窄窄的河流，便可顺利抵达对方的堤岸。

祝你快乐。

梅子老师

心怀甜蜜

梅子老师：

你好。

我的父母已经离婚四个月了，我却还是无法忘记这件事，心也一直痛，真的很难受。可能心灵创伤无法弥补吧，我真的迷惘，也有了一丝的自卑感，我觉得自己是个很倒霉的人，什么坏事都会发生在我的身上，每天晚上都是悄悄地哭。

希望梅子老师能帮我出点好主意，让我忘记这件事。万分感谢！

你的读者：小野

宝贝，我给你讲一个真实的故事吧。

故事的主人公是个八十六岁的老太太，她生活在海边的一个小渔村，一辈子没有走出过那个村子。

当年嫁人，她生下第二个孩子后，丈夫在海里出了事。那个时候，她三十岁不到，一个女人拉扯着两个孩子，生活实在艰难。为了孩子，她再次嫁人。第二任丈夫也是个渔民，给了她一个稳定的家，她又生下三个孩子，日子有了太平安康。然这样的太平安康并没有维持多久，在她最小的孩子还在襁褓中时，她的第二任丈夫也在海里出了事。

彼时，她三十五六岁，早早白了头。苦熬苦撑着，她终于把孩子们都养大了，各各成家立业。眼看着她要奔向好日子了，该安度晚年了，上帝却又和她开了个更大的玩笑，她的儿女接二连三出事，这家出了车祸，那家得了绝症，五个儿女，竟无一幸免。她卧室的床上，还躺着她那患软骨病的孙子，三十多岁的人了，吃喝拉撒，全要人伺候。她每天拖着八十六岁的身子，奔波在她的儿女中间，一家一家去照料，日子是泡在海水里的。

即便这样，她也还是抽空在门前的空地上长花生，种芝麻。每年，她都用她长的花生和芝麻熬制花生芝麻糖，自己吃，也分送给邻里吃。吃过的人，都念念不忘，都说比超市里卖的要好吃得多。

我也吃过她做的花生芝麻糖，薄薄的一块块，脆，且香。我问过她，这手艺是什么时候会的？她告诉我，在她年轻的时候，就会了。那些苦巴巴的日子，她靠着这些甜，一路走过来了。她说，日子里还有花生糖芝麻糖吃，这日子总不算太坏的。

宝贝，你有这个老太太倒霉吗？当然没有。你还小得很，还有大把美好的未来在等着你。一路之上，你当然还会跌倒，还会受伤，但请不要过分沉溺于哀叹之中，生活不仅是苦的，还有甜美的滋味。我希望你能种下你的“花生”，种下你的“芝麻”，熬制出属于你的“花生糖”和“芝麻糖”。心怀甜蜜，人生再多的不幸，都会过去的。

梅子老师

他会沿着一束光亮找到你

亲爱的梅子老师：

您好。

最近刚读完您的《风会记得一朵花的香》，里面的文字实在是太美了，不论是写花写人写器具还是写音乐，您唯美细腻的文笔，总是让人感同身受，内心涌起了无数感慨。

我相信您对婚姻和爱情也应该有独到的见解。眼见着自己年岁逼近三十，却从未谈过恋爱，我无数次祈求上天帮我早日遇见那个他，多少次在尘世中寻寻觅觅，却始终遇不到合适的人。除了内心的焦虑不安，更是面对父母殷切期盼时的深深自责，我真害怕，害怕自己就这样寻找一辈子，孤独一辈子。

您在《乱红》中有这样一段话："三十还未出嫁的女友说，她所希望的人生最完美的结局，是在一个爱她的人的怀抱中老去。原来，世间女子，怕的不是凋零，而是被忽略，被辜负。所要的，不过是一段俗世姻缘，有时却难得如愿。于是寻常的拥有，便成珍贵。"这段话深深地触动了我，也让我多了很多忧愁，感觉人生没有意义了，如果我一直找不到那个对的人，该如何快乐地生活下去？

期盼您的回信。

您的读者：天天

亲爱的天天，谢谢你对我文字的溢美，谢谢你对我的信任。

我给你讲个真实的故事吧：

我曾有一小友，跟你现在的状况极其相似，她久久苦寻，也找不到生命中的中意之人。眼看着奔三了，父母天天逼婚，弄得她与父母关系紧张。她三十岁生日那天，一早起来，迎接她的不是长寿面和祝福，而是父亲的数落，母亲的眼泪。她逃了出去，在外面游荡一天，独自一人把生日囫囵过了。事后她跟我苦笑，哎呀，我恨不得站大街上去抢个男人回家。

她恋爱的标准一降再降，但，就是成不了。其中曾谈了一个无父无母无甚根基的外地人，她的父母为了促成这桩姻缘，愿意拿出全部家底，给他们置办一个新家，但最后还是未得圆满——外地人甩了她。

我的小友自然有些难过，但并不十分气馁。她说，命中该是我的肯定走不掉，命中不该是我的争也争不来。那之后，她依然打扮得光鲜亮丽，兴冲冲奔走在相亲的路上，哪里有人介绍对象，她就奔向哪里。

三十一岁上，她与一军官相亲，那军官长得人高马大的，威武英俊，她本以为没戏。谁知那军官竟中意了她，觉得她样样都好。小友与他开始交往，感情不断升温，最后的结局，当然是收获圆满。小友在婚后立马办了调迁手续，从我们的小城，欢欢喜喜跟着她的军官到杭州工作去了。现在，他们的女儿已念小学。

天天，世间的爱情和婚姻，讲究的是缘分，缘分到了，挡也挡不住呢。你还正当好年华，是一朵花正明媚地开着呢，你要做的不是去愁它哪天凋谢，而是怎么使它开得更好更长久。没遇到中意的人，那说明咱的缘分还没到，那就继续找呗。人生的幸福和圆满，很多时候，是在寻找中获得的。

不要去设想“如果……”，你只要真实地拥抱好你的今天，不管遇到多少的失意，你都要坚信，不如意只是暂时的。不对自己失望，不对人生失望，让自己时时活得有光彩。这样的光彩，说不定哪天，就会照亮一个人的眼睛，他会沿着这束光亮找到你。

祝福你天天，深深地！

梅子老师

没有糟糕的人生，只有糟糕的心

梅子老师：

你好。

我觉得自己好糟糕啊！考试方面，不管我怎么努力，就是考不好。我最近考了三场试，一次比一次糟糕，其中还有主课呢。好像笨的人就是笨，我都有点儿苦笑自己来图书馆学习的价值。生活方面，我与室友也相处得不是很好，自己也知道态度应该温和些的，但总是做不到啊。还有，我之前好不容易减肥瘦下来了，现在又老是管不住自己，常常暴饮暴食，又胖了一点。

我就觉得自己很糟糕，做什么都做不好，那么多作业，忙来忙去，但依然一头乱麻。我想自学一门语言，但又一点儿也看不到希望，感觉考级太难了。一个人走路的时候，经常走着走着就哭了，就很难受。

你的读者：冰樱

冰樱你好。

记得我在大学里，攻读一些哲学书籍时，觉得那些哲学理论真的好难理解啊，我虽努力非常，然每到考试，还是云里雾里的。那时，我也觉得自己好笨，羡慕别的同学在哲学辩论会上侃侃而谈，一套一套的理论信手拈来。

然我不自卑，我有比他们强的一面——比方说，对文学的执着和孜孜以求。

我一直坚信着，每个人都有自己闪亮的地方。你自然也有，只是你不知道罢了。

你很努力——这很值得你为自己鼓鼓掌的了。我想，你要做的不是让自己在糟糕的情绪中沦陷，而是找找考不好的原因。又，每个人都有自己理解问题的时区，这个时候不明白的事，过一段时间，也许全理解了。咱尽最大的努力，慢慢来好吗？认真努力的每一天，都是我们的骄傲。

与室友相处，你只要本着一颗善心就好了。地球上现在有近七十六亿人呢，你和室友能够相遇，且能在一室共处，这样的缘分，是七十六亿分之一啊。好好珍惜你们在一起的时光，善良宽容地对待，一旦走出校门，你们就各奔西东了，有的人也许今生再不相见。这么一想，你还有什么值得计较的？

这世上，美景、美文和美食皆不可辜负。看到美食，我也往往难以自控，这个可以原谅。但是，千万不要让自己暴饮暴食哦，咱不要过度减肥，但稍稍控制一下体重还是很有必要的。因为，那不仅是美不美的问题，而是直接关乎到我们的健康。

我有个朋友可爱吃了，对美食的追求近乎痴迷。然他天天早起跑步，十多年了，坚持不懈，身材保持得相当好。他的微信签名是：我跑步，是为了多吃一碗炸酱面。我每次看到都要笑起来，这多好啊，既满足了口福，又锻炼了身体。冰樱，为了多吃一口好吃的，你也跳起来吧，走起来吧，年轻人就该让自己活力四射呢。当你运动起来，你的思维会变得非常活跃，到那时，不管你做什么，都会元气满满的。

没有糟糕的人生，只有糟糕的心。冰樱，当你改变掉糟糕的心，一切都会明亮起来。

梅子老师

十年后的春风在等你。
二十年后的冬雪在等你。
三十年后的老酒在等你。
四十年后的月色在等你……

第二辑

每一粒时光，都含着香的

保持一颗愉悦心

梅子老师：

您好。

我想跟您说说步入高中的一些烦恼。

中考过后，我如愿以偿考上了第一志愿的学校。新学校的同学们大部分都互相认识，他们第一天就似故人一般，我却和初中同学不在一个班，自然也没有什么交谈的机会。我跟其他同学几乎没有共同语言，他们只跟认识的人一起玩儿。以前听过这样一句话，“低质量的社交不如高质量的独处”，虽然我现在的主要任务是学习，但学校有活动独自一人参加也不太好吧。比如一次去大礼堂参加活动，中间休息时，我左右两边的人都兴致勃勃热火朝天地聊天，只有我一个人坐在那里，不知道该如何融入他们。

我现在每天上学就跟去刑场一样，我的老师绝大多数都是老教师，虽然很有经验，但是不知道学生疑惑的点在哪里。数学老师最喜欢说：“如果真的没听懂就算了吧。这种题目我眼睛眨一眨就出来了。”殊不知，对于我而言，这却是晦涩难懂的题啊。一会儿老师安慰我们说，高中的生活要适应一段时间的，我不怪你们；一会儿又说，这种题目都不会，你们要完了。有的时候觉得自己不会是理所应当的，有的时候又觉得自己是真的很差，这两种情绪一直折磨着我。妈妈每天给我送饭，我这样真的挺对不起她的。

班上绝大多数同学都补过课了，我没有。我知道一定要问老师，可是下课只有十分钟，办公室又那么远……

现在的生活真是糟透了，我想问的是，如果我跟他们的价值观不同，是否真的需要“纡尊降贵”地去融入他们？尽管这种方式对我来说有点儿困难。还有，我是不是应该向老师反映一下，让他以后在课堂上多关注学生？

希望能得到您的答复！

您的读者：雯雯

雯雯，你好。

我讲个故事给你听：有两个人，他们结伴去旅行，目的地是一处山明水净的风景地。路上却遇到暴风雨了，山上冲下泥石流，把道路给堵上了。他们不得不在一个寺庙里借居，行程被打断了。中途返回后，一个人抱怨不停，说这趟旅行真是倒霉透顶，什么收获也没有，白受了一趟苦。另一个人却心情愉悦，他欢喜不迭地说，这趟旅行，收获真是大大出乎意料呢，我从没在寺庙里住过，那感觉真是奇妙，晨钟暮鼓，吟诵的都是静谧，屋角的铃铛，在风雨里唱出了梵音。

雯雯，你可能要惊讶，我干吗要给你讲这个故事，这与你的烦恼风马牛不相及呀。然我却以为有关联，假如你是那个被阻滞在寺庙里，却能欣欣然聆听着风中的铃铛唱出梵音的人，你的这些小烦恼还存在吗？你以什么样的心态去生活，生活就会回赠你什么。外界的好与不好，好多时候，是你心灵的折射。

你现在到了一个新学校，一切都是初相见，应该有着新鲜感才是，怎么反倒生出厌倦来，弄得上学像去赴刑场？是你的心态在作怪呢，你抗拒着这样的崭新，你拒绝靠近，因此，眼前的一切，都格格不入。

你要做的，是调整好你的心态，尽快熟悉新的环境。看看校园里，长了什么样的树，开着什么样的花，这也是有意思的。数数校园里，有多少间教室，有多少级楼梯，这也是有意思的。在花坛里，寻到开花的野草，这也是有意思的……当你以欢喜的眼光，看待你的新校园，你的脸上，会不自觉就荡出笑容来。而这样的笑容，是跟人交往的最好的通行证。

与同学相处，并非一朝一夕的事，时间长了，你们自然就会热络起来。咱不妄自菲薄，但也不要故作清高，说什么“纡尊降贵”。都是同学，没有谁比谁尊贵，谁比谁卑微，以同等心、平常心待身边人身边事，你自己会舒服，别人也会感到愉悦。

再说说任教你的老师。他们的教学风格，他们的授课方式，你一时半会儿接受不了，这也正常。也许，你真的需要一段适应期。请给自己一点儿耐心好吗，不要让坏情绪左右了你，不要夸大那些坏情绪。遇到实在没听懂的，你完全可以在课堂上举手问老师，哪怕被老师批评为“笨”，也无妨的。也可以课后去问同学。过去圣人还不耻下问呢，何况咱们！对老师有什么想法，你可以找个恰当的时机，跟老师开诚布公地聊一聊。我相信，绝大多数老师都是一心为了学生好的，都希望他教的学生能得到他的真传。

保持一颗愉悦心吧，这些小烦恼，根本不值一提。亲爱的好姑娘，祝你笑口常开。

梅子老师

迷人的小心事

梅子姐姐：

您好啊。

我是一名初二的学生，最近不知不觉中多了许多心事。您可能会想，你一个女孩子，而且还那么小，能有什么事，但是……

我最近可能喜欢上了一个男孩子，但是我知道不能告诉他，因为告诉他了，对我们两个都没有好处。如果我俩学习都很差，在班级倒数的话，我可以毫不犹豫地告诉他，但是不可以啊。说实话，我俩的成绩都是在全班前十的，虽然他比我稍微差那么一点点，但也是个学霸。我们虽然在一个班里，但平时的交流不是很多，我是从什么时候开始喜欢他的，自己也不知道，就是觉得他的一切都是好的。

我害怕他会影响我上课时的状态，所以上课时，我集中精力，忍着不去看他，最终他也没有影响到我。但是，我总是在午休、晚休，或晚自习时，不经意地想起他。我想，忍一下吧，或许过一段时间就不会那么喜欢他了。一年过去了，我还是有点儿喜欢他，我多想告诉他啊，但是不行啊，可是这么憋着自己，我也憋得难受……

所以……梅子姐姐，您可以给我一些建议吗？

您的小读者：小令

小宝贝，你好啊。

这么叫你时，我的心，软化成一摊水了。

我想起杜牧的诗来："娉娉袅袅十三余，豆蔻梢头二月初。"你现在，正是那梢头的豆蔻呢。多好的年纪！

你有了你的小心事，这是多么迷人的小心事呀。我又想到曾看过的日本电影《情书》，里面少年的小心事，隔着窗帘，隔着风，隔着雪，隔着陈年的纸页，最后，成了岁月馈赠的琥珀，纵是天人永隔，亦不能掩盖了那份纯洁和美好。

我在想，倘若当年他们说破了那些小心事，结果会怎么样呢？这个，还真没办法设想。但有一点是可以肯定的，稚嫩的果实，没有一个不是酸涩的。当距离外的神秘消失了神秘，纯美的事物变得庸常，它带来的也许不是美好，而是伤害。

所以，我只想告诉你，小宝贝，这样的小心事还请你收收好，继续藏在心底，就让它一直是你的小秘密。因为呀，你现在的喜欢未必都是算数的。你的路还长着，天地还大着，当有一天你走到更广阔的天地中去了，会遇见更多更美的风景。

还因为，你现在还是花苞苞一个，尚未到怒放的时候。你喜欢的那个男生，他也是个花苞苞呢，就让两个花苞苞彼此"遥遥"地欣赏、深深地祝福好了。想他一次，你就读两页书，为的是使自己变得更好，好在将来遇见更好的"他"。将来，你们也许会碰到一起，彼此的眼里，都有曾经的星星跳跃，觉得既熟悉又亲切，你们就会很自然地一起走下去，那是再好也没有了。也许不会再相遇，你们成了两条平行线，渐行渐远，你有了你的繁花盛地，你在回忆起他的时候，一团模糊——这些，都是将来的事了，咱还是把它交给将来吧。

宝贝，植物们到长叶的时候，它们自会长叶。到开花的时候，它们自会开花。我们人也一样呢。愿你的少年时光，纯美如花。愿你永远沐着阳光，没有伤害。

梅子老师

好好活着，才是王道

圆脸，鼓鼓的额，眼睛晶亮，这样的你，像颗饱满的果实，往我跟前一站，我只觉得眼前亮晶晶一片。

我被你的同学围着，他们如喳喳欢叫的小鸟，拿着笔记本，争着要我的签名。你在嘈杂之外安静地等，终于，一切都静了，你走过来，看着我，认真问，梅子老师，我可以问你一个问题吗？

我被你的“严肃”逗乐了，我说，当然可以。

我没有预料到，你会问出那样的问题。你问，如果觉得活不下去了，该怎么办？

宝贝，请原谅我，我有一刻，思维彻底停顿，我是被你给惊到了。

谁会把你跟“活不下去”这么冷酷的问题联系在一起？不，不，绝对不会。十三四岁的少年，看起来是多么葱茏蓬勃，结实欢脱，人生的路比海岸线还要长，多少远航的梦在等着你去做的。

然你绝不像是在开玩笑，或一时冲动，你的眼中，闪着泪光，想你应该被这个问题纠缠了很久。

我抱抱你，伸手轻轻抚平你微皱的眉头，我说，宝贝，当你冒出“活不下去了”这个念头时，说明你身体里的能量少了，你饥饿了，你疲惫了，你丧失了兴趣，那么，不要怕，我们来补充能量好了。

我不知道你的生活里到底遇到了什么，或许是学习上的，或许是家里的，或许是别的什么——这些，我们暂且都抛开吧，就让自己任性一回，去吃一顿好吃的好吗？唔，想想这世上还有美食在，多么叫人留恋。去买一个喜欢的小礼物送给自己吧，哪怕是一支笔，一张小贴画。

这世上同样让人留恋的，就是有喜欢的东西在。去对着天空发发呆吧。天空的舞台上，白天有云朵，晚上有星星，你方唱罢我登场，真是热闹非凡。有这样的天空可看，也是很叫人不舍的。去睡一个美美的觉吧，等你醒来，你会发现，结果并不是你想的那么糟糕，地球并没有发生爆炸，太阳又重新升了起来，而你的身上，又变得能量满满的了。

因你要去上课，我来不及对你再多说什么。你也还有些话要说，但你的老师在礼堂外催你走，你只好礼貌地对我点点头，道一声，谢谢梅子老师，便匆匆跑了。我冲着你的背影叮嘱你，宝贝，如果你还有什么话要说，可以给我的信箱写邮件，我会一直在的。你远远答应一声，好。

好几天了，我没有看到你的邮件，想来你的心结，该是解开了些。但我仍有些不放心，想要跟你再多唠叨几句。从前，在我的乡下，每当苦寒之中的乡人们，有了想不开的念头，村子里的老人们就出来劝解了，他们唠唠叨叨，反复说着这么一句，好死不如赖活。那时我很懵懂，并不知其中深意。如今想来，这真真是人世间最明亮的话语。谁能望得见后来呢？也许走着走着，在下一个拐角处，就能遇见美好。倘若没有赖活，哪会有日后的苦尽甘来？所以宝贝，不管在你的人生路上遇到什么难题，你只要抱着一条信念，好死不如赖活。好好活着，才是王道。你只需等一等，再等一等，也许就柳暗花明了。

宝贝，不要跟你无法解决的麻烦去较劲。那些麻烦，就让它们自个儿地麻烦着好了，时间会帮你解决了它们的。你现在，只要管好你自己，好好爱自己，爱你所能拥有的一切。我还特别建议你，热爱读书吧，读书可以帮你疗伤，读书可以使你重新获得自信和力量。

最后，我要特别特别叮嘱你，在你最难受、最孤独的时候，千万不要一个人憋着，告诉你的亲人吧，告诉你信任的老师吧，告诉你信任的同学吧。有什么难题，让我们大家和你一起面对好吗？一个人走路很无助，但大家一起走路，可以相互取暖。

梅子老师

你未来的世界会很大很大

梅子阿姨：

您好。

我觉得您很开明，所以，我很愿意和您倾诉我的心事。

我今年十四岁，在这个花一样的年纪，我在网上遇见了一个男孩子，他比我大一岁，我和他聊得很投机，很快我就和他在一起了。

然在那以后，我开始担心自己的学习。我想好好学习，但又放不下他，怕放下后，将来会后悔。他真的是个很好的男孩子，我不知道现在该怎么办，您能帮帮我吗？

您的小读者：时光浅浅

小宝贝，谢谢你愿意告诉我你的小心事。

我不大明白你说的“很快我就和他在一起了”，那是指什么呢？是指你们开始交往了么？阿姨真的好担心，怕你受伤害。小宝贝，你知道吗，年少时的有些伤害，可能一辈子也很难愈合。

你还太小，还是朵花苞苞呢。花朵在含苞的时候就做含苞的事情，到盛开的时间再做盛开的事情，为什么要急着走路呢？

不是说你不可以交朋友，不是说你不可以有爱，但一定要掌握分寸，要把它放在一定的距离之外。青涩的果实，如若抢着吃了会很涩嘴、很难咽的，我们还是静静等着它成熟了好吗？到时候再吃，你的嘴里心里，都将是甜的。

宝贝，把这段感情，妥善地藏藏好。你还在成长中，当下只有一件要紧的事要做，那就是，珍惜年少的光阴，好好读书，为你的将来，奠定坚实的基础。

听我的，放下他吧，将来你绝对不会后悔的。因为，你未来的世界会很大很大，还有更多更好的人在等着你。

梅子老师

每一粒时光，都含着香的

梅子老师：

你好。

我可能已经严重抑郁了，可是我不敢跟父母讲，我只是一个学生，连去医院都没有资格。而且我也很怕，我现在已经开始强烈讨厌身边的每一个人了，包括父母。

我总能在别人身上看到人性的恶，我也知道每个人都是不完美的，没必要用一些心机来应付生活。我想活得轻松一些，可是父母为了让我读书，为了我可以考好的大学，拼了命为我争取机会，他们反反复复提醒我，要一丝不苟地活着。

但是现在，我满脑子只有死亡，我不敢讲，真的谁都不敢讲。每个人都想过自杀，可是很多人都没有这样做，是因为生活中有太多惧怕的，怕父母掉眼泪，怕朋友亲人伤心难过，怕这个世界再也没有自己的痕迹。可是现在我的这种惧怕越来越弱，我怕自己有一天真的什么都不畏惧了，就真的濒临死亡了。我知道这个危险在逼近，可是我却手足无措，我到底该怎么活下去？

你的读者：茫茫

亲爱的宝贝，我在。

谢谢你把心里话跟我讲了。来，让我抱抱你。

患了抑郁症，说明咱的精神免疫力降低了，这没什么的。这就像我们偶尔会患上感冒一样。治愈感冒的办法，最快速的是打针吃药，也有的靠大量喝水，也有的靠运动出汗。总之，只要积极配合治疗，不几日，也就能恢复健康了。

治愈咱的抑郁症，也是如此。有病咱就治，你不要回避它，不要害怕它，那样只会使它越来越猖狂。疾病如弹簧，你弱它就强。你强，它自然也就弱了。

你得告诉你的家人。他们是你最亲近的人哪，为你，他们愿意付出千千万万的。所以，不要怕讲出来后他们会伤心，会失望，相比较于你的隐忍不说，和你的自我沦陷，那实在算不了什么。要是你真的出了什么事，那才叫他们痛不欲生哪。如果事后他们得知了缘由，他们该是多么恼恨对你的“无知无觉”，痛悔和自责，会让他们痛断肝肠。亲爱的宝贝，那个时候，对你的父母来说，他们情愿失去全世界，也不要失去你。

宝贝，请给你的家人一点信心好吗？让他们和你一起，共同面对抑郁症这个小妖精。从此，你不是一个人在战斗了，你有你的团队呢。相信，用不了多久，这个小妖精就会被你们打跑的。

这期间，你要做的，是积极调整好你的心态，不要让自己长时间陷在坏情绪中，不要放大生活中的那些缺陷和不圆满。要知道，花半开，月半圆，这才让我们的人生多出许多的回味和期待。

宝贝，掐掉想自杀的念头，尽量少想死亡的事，多想点儿活着的好。你还年少，还没有碰上自己的意中人呢，你难道就不好奇那个人长什么模样么？世界这么大，你到过哪些地方呢？你在布达拉宫的平台上望过燕子飞吗？你在新疆的草甸上望过雪山吗？你在西双版纳的丛林里，遇过蝴蝶吗？你在莱茵河畔漫过步吗？你在科罗拉多大峡谷望过瀑布吗？你在丽江的书吧里看过书吗？你在洱海边听过风吹吗？你在松花江畔品尝过俄罗斯冰淇淋吗？你在雪乡里喝过北大仓吃过冻柿子吗？

亲爱的宝贝，十年后的春风在等你。二十年后的冬雪在等你。三十年后的老酒在等你。四十年后的月色在等你……是的是的，咱好不容易来这人世走一遭，总得把这世上的所有酸甜苦辣一一尝到，才不枉活过一场。咱又如何舍得旅途尚未正式开始，就提前下车了呢？

来来来宝贝，什么乱七八糟的事，咱都不要去想了，反正天不会掉下来，地球还在转着，再大的事，大不过天去，大不过地去，还有什么想不开的呢？咱就读点儿书吧，听点儿音乐吧。实在没兴趣，咱也可以看看天上的流云，听听一片叶子在风中唱歌。如果你愿意细细地去品，每一粒时光，都含着香的。

宝贝，咱就试一试吧，对这个世界笑一笑，你会发现，世界也会还你一个笑。好好地活着，是件很美妙的事呢。

梅子老师

孩子就像一张白纸

梅子老师：

您好。

有个问题请教您一下，现在学校里补课、送礼成风。家长送礼的，孩子就坐在教室的“黄金区”；家长不送或者送的少的，孩子就坐在角落。孩子回来极度不平衡，但又不愿意我们送礼，期中考试成绩滑坡，这次调的座位周围全是调皮的学生，不知道孩子坐在教室时内心是如何挣扎和无奈，会不会因为反感班主任从而对学习产生厌倦？

梅子老师，作为一位母亲，我该如何开导孩子，或者我要妥协去送礼吗？说出来，轻松多了，请您务必给我回复。因为这也是一种社会问题，很普遍，家长很苦恼、很焦虑。

您忠心的读者：偶然

亲爱的，看了你的信后，我思索了很久很久，我给不出你答案，也给不了你多么好的建议。我也只能就我个人的生活体验，谈一谈你说的这种社会现象。

我也是老师。我在教学第一线多年，我及我的同事们，谈不上有多优秀，但对每一个学生，都是倾尽心力去对待，无一丝隐瞒和藏掖，把自己毕生之所学，倾囊相授。常有调皮的学生，把我的同事气得恨不得吐血，他们在办公室里也发牢骚，是恨铁不成钢。然一旦走进教室，身上的责任感又油然而生，哪一个老师不希望自己教的学生，能展翅翱翔？他们起早贪黑，从学生的早自修开始，一直陪伴到学生的晚自修，几乎是全天候。只要开学了，他们就完全没有了自己的时间，他们的时间都是属于学生的。

你说的老师补课现象、家长送礼现象确实存在，尤其在小学阶段。因为孩子小，家长们特别不放心，生怕孩子在学校里被忽略了，被欺负了，送点儿礼拜托拜托老师关照，才心安。久而久之，大家都效仿起来，似乎不送礼他家孩子在学校就没办法活了——这多少因为我们做家长的心态，做不到安之若素啊。

我儿子读小学时，因他是中途转学来城里的，人生地不熟的。我也曾考虑过要不要送点儿礼，给他创造一个宽松的环境。但细思之下，我打消了这个念头。若我不是出自真心，想表达对哪个老师的感谢，这种礼送了我自己会憋屈的，也是对老师的不尊重。我也不想让我的孩子形成这样一种观念，他努不努力都没关系，命运总会对他格外眷顾，因为他的妈妈会送礼，会帮他打通关系扫除障碍。我也害怕会在他幼小的心灵里，根植下这样的观念：这个世界，只要送礼，就没有行不通的事。我害怕我的孩子在将来，不靠努力吃饭，而成为一个挖空心思走捷径的人。

因此，在我儿子上学期间，我没有送过一次礼。当然，儿子喜欢哪个老师，他会主动买了书送给那个老师，在节日里买了花送老师，他还送过老师月饼和巧克力——那是孩子自觉自愿的行为，且是带着感恩感激的心，我非常支持。

我想起我老家的一个人，他的孩子从乡下考进城里的重点中学。有人跟他开玩笑，说，城里都时兴给老师送礼的，你也收拾两亩地的东西送去，不然你那孩子想考上大学可就难喽。我的这个乡亲不紧不慢回了这么一段话，他说，他若把书读得进去，就不用我送礼。他若读不进去，我送了也没用，一切全靠他自己的造化。就像我种庄稼，能长麦子就长麦子，能长玉米就长玉米，这要看土壤它自己的意思哩。我这个老乡的孩子，后来考上一所知名的政法大学，现在留在京城工作。

亲爱的，孩子的成绩滑坡，与你没有送礼有必然的联系吗？几十个孩子坐在一个教室里，不管是坐在前面的位置，还是后面的位置，一个教室就那么大，老师讲课的声音，足够传播到每一个孩子的耳里。老师也不可能因为有的孩子家里送礼了，就专门讲课给他听。有的孩子家里没送礼，就给那孩子塞上耳塞，让他听不到课。孩子成绩下滑，我们还是多从孩子自身找原因，及时纠正失误，树立信心。

还有，少在孩子面前抱怨和夸大社会上的负面消息。孩子就像一张白纸，你告诉他世界是白的，他就坚信是白的。你告诉他世界是黑的，他就坚信是黑的。我希望，对孩子要多些正面的引导。是的是的，这世上乱七八糟的事情很多，然正是因为这个世界不够完美不够好，才需要我们在孩子的心里根植下美好，用它来抵御那些不完美。

你说这次调座位，孩子的周围全是调皮的学生。那又如何？我想，那些孩子再调皮，在老师的课堂上，他们也不至于闹翻天吧？倘若你的孩子能在喧闹之中，坚定心神，勤奋努力，那也是一种历练。然后，你还能骄傲地告诉孩子，孩子，别人靠送礼靠拉关系，也不过尔尔，咱们凭借自己，就能把路走得这么好，这证明我们有多牛啊。

倘使那些孩子真的调皮过分了，真的影响到你家宝贝学习，那你也不能坐视不理，可以找老师找学校讲明。我想，你合情合理的要求，会得到妥善解决的。

梅子老师

清者自清

梅子老师：

您好。

我是您的一位小读者，如果您愿意的话，就叫我桐吧。我想要跟您请教一下，怎样能够快乐起来。

这个问题看上去可能有一些让人不知所以，但是，这是我的真实现状：我每天晚上总少不了一大波一大波的泪水陪伴。早上醒来，期望的第一件事就是夜晚快一点到来。我之前是一个很怕黑的女孩子，但现在相比于白天，我还是更喜欢黑夜一点。

也不瞒您，我想过死的，跳楼，一个星期六的晚上，两封遗书，一封给父母，一封给妹妹。我其实也不大记得自己是怎么活到现在的，可能是我胆小不敢，也可能是我当初又找到了什么活下去的希望吧，总之在那过后很长一段时间，我都没有想过去死了。

因为父母的不理解，我最近又萌生了这个念头。对于我的爱好，他们一直都是既不支持也不反对，我之前觉得这样挺好的，起码我还可以在他们面前正大光明地做我想做的事。但最近我向他们提出想买一条裙子的时候，他们看了看裙子的样式，斩钉截铁地告诉我不行，我们因此大吵了一架。

这还不是最让我伤心的事，最让我伤心的是朋友跟我绝交了。她说我勾引她的男朋友，还添油加醋地四处跟我们班同学说，更过分的是说我被自己的父亲睡过。我真的很不明白，我和她的男朋友说过的话不到十句，怎么就有我勾引她男朋友的事了？而且她说的话有多么过分，我才十五岁啊，她怎么能这样诽谤我？她还是我最要好的朋友啊，我真的受不了了。我去找她，她死不承认，说她没有说过，还说是我想太多了。可我真的亲耳听见了她那么说，我心里特别压抑委屈，但不敢和家里人说，因为我们刚刚吵过架。

我真的不知道到底该不该一了百了，我很烦。梅子老师，您说我要怎么办呢？我很期待您的答复。

您的读者：桐

桐宝贝，你好。

我帮你罗列一下你的烦恼吧：

之一，你看中一款自己喜欢的裙子，父母的眼光却与你的有着差异，他们不同意你买这种款式的裙子；

之二，你最好的朋友跟你绝交。她中伤你，说你勾引了她的男朋友。

这两件小事儿就让你以为天掉下来了，你就要厌世啊，就要把自己没进黑夜里头去。宝贝，你是不是有点儿太过分啊！这都是些什么鸡毛蒜皮啊！父母与你是两代人，你们之间必然会有意见相左的时候啊。就像我喜欢穿棉麻的服装，常披挂着这一身晃悠着回老家，被我那七十多岁的老妈嫌弃和同情着。哎呀，我家梅这穿的啥呀，送给我这个老奶奶穿我也不会穿，太朴素了。她盯着我摇头叹，相当不解地问我，你就不能买点儿好衣服穿穿？

我只笑笑。我才不会去跟她讲道理呢，她与我所看待事物的立场不同，无所谓对与错。你父母不同意你买那条裙子，那就暂时不买好了，这也不是什么原则性的大问题。况且，你经济上并不独立，好像也不应该有底气为这事和父母吵架的吧。如果你实在太喜欢那条裙子，那就努力积攒点属于自己的私房钱，把它买回来。

至于那个跟你绝交的朋友，你更没有必要为之烦恼。如果她正如你所说的是那样的人品，这样的朋友早绝交早好。你何必费口舌去质问去洗白？她根本不配你为她烦恼。她对你的诋毁，如果你不予理睬不作回应，就等于还给她了。时间长了，是是非非自会眉目分明。桐宝贝，清者自清。

别动不动就要结束生命啥的。结束掉有什么好？明年春天的花你看不到了。明年冬雪的美景中没有了你。无数条美美的裙子你穿不到了。无数道美食你吃不到了。无数的山川河流你望不到了。世界不会少掉一个你就不转动，人们该干吗还会去干吗，人间的热闹不会减损掉丝毫。想想，你是不是觉得有些亏啊？

傻孩子，你有这个闲心思在那里神神叨叨地苦恼，还不如提升自己，给自己列些人生小目标，然后一个一个实现它们。在实现它们的过程中，你会收获到很多快乐的。

让自己变得越来越好，让所有“欺负”过你的人，都不得不在心底暗暗佩服你，才是你眼下要做的最正经的事啊。

梅子老师

你且静静欣赏着

梅子老师：

您好！

我是一名中学生，从小学就读您的书，您的文字治愈了我晦暗的心。

少年成长的路上，总会有些看似很难越过的坎儿吧。近日，我发现，我竟对班上的一位女生产生好感。她很优秀，文笔很好，画画也好，弹琴也是一流，浑身散发的气质，深邃而又静美。我不知道该怎么办，是保守这份秘密，还是怎样？

梅子老师，若您能给我答案，真的万分感谢。

您的读者：忞忞

你好，少年。

我在想，你是怎样的一个少年呢？你从小就读我的书，说明你是爱读书的。你对画画应该也很喜欢，也能欣赏琴声——凡是与艺术相关的事情，都会让你产生愉悦的吧？我真为你高兴，宝贝，你能拥有欣赏美和感知美的能力。

人生而为人，最了不得的体验就是，能够发现美，欣赏美，继而努力让自己也成为美的一部分。当一个文笔好、画画也好，又会弹琴——这样“深邃而又静美”的女孩子出现在你跟前，她无疑是美好的。你对她产生好感，这是多么正常的事情，这是美的发现在你身上的投射啊。

少年与少年相遇，该如春天的草绿遇到花红吧。我无端想起那首旋律动听的《声律启蒙》来：云对雨，雪对风，晚照对晴空……我以为，这是美好映照着美好。

但是少年，你不要说出来，不要。一些美好，是要小心轻放的，它只宜在距离之外，一旦说出来，它也许就像肥皂泡一样的，破灭了。你且静静欣赏着，就像春天守护着一棵小白杨，它吹向它的是柔风，是细雨，是煦暖的阳光，是悄然生长的懂得、尊重和欢喜。等你们都走进葱茏的夏天，等你们都枝叶蓬勃起来，能经得起风、扛得起雨了，到那时，如果你确信，她还是你眼中最美的风景，你就走到她跟前，笑吟吟地告诉她，曾经，我喜欢过你呀。

不管她会不会喜欢你，那样的结局，都堪称美好。因为，你们曾在年少时遇见，那一页上，写下的都是纯真、柔软和美好。

梅子老师

世界如此动人如此缤纷

梅子老师：

您好。

我是一名初三的学生，也是一个抑郁症患者。您一定很讶然，一个十多岁的孩子居然会有抑郁症。嗯……我即将面临中考，然而成绩简直不堪一提，甚至毕业都成了问题。可是，我实在不喜欢学习，是啊，谁喜欢学习？不过是为了那九年义务教育，或许是我没用心吧，可……我用心不起来。

我有一个爱好，就是画画，我可以用心地去画一幅画。现在，我在爱好和学习中要选择一个，因为我的抑郁症，我的父母，也不能多说什么，所以想请您给我一些建议。

您的读者：云上云

你好啊宝贝，我没有讶然呢。

生病嘛，是件再正常不过的事。谁的一生中没有生过病呢？至于我们在什么年纪生病，会患上什么病，这是由不得我们选择的。这就好比天要刮风它就刮风，要下雨它就下雨。春天的时候，还会刮龙卷风呢，还有沙尘暴呢。所以呀，不要觉得你是特殊的。

你不喜欢学习，我把它理解为你只是不喜欢做老师布置的那些作业。宝贝，那些物理啊数学的运算，若是对你造成很大的困扰，你实在喜欢不起来，那就算了，咱又不要做物理学家、数学家。但书，我还是建议你要读一些，比如文学的，比如历史的，比如地理的。倘若遇到一本好书，就等于结交到无数个好朋友，它可以帮你打开好多个认识世界的窗口，可以让你体验不同的人生，它会给你带来精神上的富足和愉悦。

你喜欢画画，这是相当棒的一件事。你可以画下去呀，未必要成为一流的画家，只为自己的这份喜欢，天长日久坚持下去，也是了不起的成功呢。也许，画着画着，你就画出一番新天地了。

倘若你能把读书和画画融会贯通起来更好，当你拥有了一定的文学素养，对画面的理解与构图，会更有自己的独到之处的。所有的艺术，都是相通的，尤其是文学、音乐与绘画之间。因此，我还是要叮嘱你，多读点儿好书吧，多听点儿好的音乐吧，这对你的整个人生，也有很好的帮助的。

宝贝，我不希望抑郁症成为你的挡箭牌，让所有人都对你小心翼翼的，让你可以自我抛弃自我沉沦。我希望你能及早从抑郁症的阴影里走出来，世界如此动人如此缤纷，多少的美景，等着你一笔一画去画出它们呢。

宝贝，你会拥有自己的灿烂的，只要你愿意好好地走下去。

梅子老师

恰如枝头柔嫩的新芽

梅子老师：

您好！

我是一名初三的学生，前桌是个男生。我平时和他说笑聊天，有的时候还一起讨论题目，我们就是普通朋友的关系。但前几周他忽然发信息给我，很认真地说他喜欢我，而且连续几天都发了类似的话。我曾经和他说过了现在的任务是学习，但他还总是给我发信息打电话，我觉得他好烦。

现在我们的关系越来越不正常了，我甚至不敢和他说话，有的时候还故意躲着他，看到他的眼神就害怕，我也不知道自己为什么会这样。他和我的成绩都不错，他的成绩在年级里也算数一数二的了。明年就要中考了，我总是提醒自己要加倍努力，但是这些事情总会让我心神不宁，没办法把心思放在学习上，最近成绩也下降了不少。

梅子老师，我该怎么办呢？

您的小读者：指间沙

宝贝，真好，有人喜欢你。

我们每个人都有喜欢他人的权利。这个男孩子喜欢你，不是他的错，你的身上一定有着光亮吸引了他。就像我们有时看到一朵灼灼开放着的花朵，忍不住会发出一声欢呼，好漂亮的花啊！继而产生去嗅闻的冲动。

美的事物，总能激发我们心中的柔软和深情。你是美好的。

看你的描述，这个男孩子似乎也不坏，成绩是数一数二的，跟你也相处得来，你曾和他说笑聊天，一起讨论题目。或许因为你们有着这样的“亲近”，他的爱的朦胧的情感发了芽。于他，也不定鼓起了多大的勇气，才对你说喜欢呢。

你的理智和清醒，多么珍贵。是的，宝贝，对于现在的你们，更要把握好的是学习。因为你们的人生路才刚刚开始，你们恰如枝头柔嫩的新芽，一切有待日月风雨的历练。到时候了，一切都将水到渠成。你既然明确了自己的心意，又为何不能坦然，又为什么要故意躲着他，又为何要心神不宁？

宝贝，直面问题远比回避问题要好。我以为，最好的做法是，大大方方走到他跟前，面对他，直截了当地告诉他，谢谢你喜欢我，但很抱歉的是，我不喜欢你。倘若你能接受我不喜欢你这个事实，我们还可以做很好的朋友，一起说笑，一起讨论习题。倘若你不能接受，那我们连朋友也没得做了。我尊重你，也请你尊重我，请你不要再给我发无关的信息，不要再给我打无关的电话，不要影响我的生活我的学习，也请你不要因我而耽搁了你的学习。

我想，这个男孩子也是个聪明的孩子，你的话已说到这个份儿上，他没有理由再“纠缠”下去了吧。他虽然会有点儿小难过，但最终，会接受这样的事实。你们或许会回到从前，或许不会，那都好过你现在的“心神不宁”。

宝贝，喜欢一个人没有错，你不喜欢可以，但尽可能的，不要去伤害。我希望，你在保护好自己的前提下，对他人多些理解、坦诚和宽容。

梅子老师

就像风摇动花朵

梅子老师：

您好！

我是您的忠实粉丝。我最近遇到了一些问题，让我困惑不已，希望老师可以给我一些参考意见。

我是一名初三的学生，是转校生，成绩比较好，同学们不喜欢与我交流，我也不太喜欢与班里的同学接触，常常觉得很孤独。

但是兄弟班级有一位男生常常与我上学放学顺路，我们偶尔在路上聊两句。我们成绩相仿，很有共同话题，对彼此也很感兴趣。不知道从什么时候起，每天放学可以和他一起回家，成了我每天最期待的事情。无数个夜晚，在我被学习压得喘不过气来的时候，他给了我喘息的机会，给了我一丝轻松。

可是前一段时间，他总向我瞒一些事情，拿我开玩笑，拿我打趣，在我面前起哄，我很想知道他为什么这样做。一天放学，我很严肃地问了他这件事情。当时可能我的态度比较强硬，话说得也不好听，最后我们不欢而散。

快一个月了，我们几乎没碰过面，即使碰了面，也是形同陌路。我甚至觉得他对我有些敌意了。

这样的结果使我很难过，也很后悔，这不是我想要的。这段时间，我一直在反思。其实一开始他所做的并不是什么大事，可能对于他们男生来说，朋友之间开个玩笑、搞个恶作剧只是图个好玩儿，但我却看得很重，我觉得他是在玩弄朋友之间的感情。我不应该计较，更不应该去找他兴师问罪，这样我就失去了他这个朋友。

以前他的成绩不如我，但升入九年级以来，他的成绩突飞猛进，我的却直线下降。在他身上，我发现了很多可以学习的地方，他情商智商很高，洞察力很强，很多问题一语道破。我很渴望重新拥有他这个朋友。

其实有几次，我故意制造一些见面机会，总想着他给我道歉，我就原谅他，我们还是朋友。我不找他道歉，原因有两点：其一，我碍于面子；其二，我不清楚我到底有没有做错。但我怕我如果不道歉可能会永远失去他这个朋友了。

可能事情很无聊，但我的确对感情很谨慎很认真。每次不经意地撞见他，我都觉得怪怪的，一个月了，我依然自责犹豫着……可能我就是这么个人吧。

您的读者：木鱼

宝贝你好啊，冬天快过去了呢。

早起时，我听到一阵婉转的鸟鸣，那声音里，已含着翠。河边的柳枝萌芽了，上面爬满小虫子一般的芽苞苞。早开的结香，已在风中播着馨香。紧接着，冰层会融化，虫子会破土而出，草绿花红又将盛满一个世界。

你看，我们本以为无比漫长的冬天，它最终，也要翻过一页去，让位于春天。那些难耐的寒冷和孤寂，那些苍白和荒凉，以及恼人的西北风，将统统被时间的大手，擦拭得干干净净——这世上，就没有什么事是过不去的。

宝贝，你的这段小烦恼，也很快会过去的。

每个人的成长途中，都要历经一些孤独——那些触不到摸不着的情绪，如烟似雾。这个时候，当有人能够靠近你的孤独，你的心中，会升起一种很奇异的感觉，那是些说不清的情愫。就像风摇动花朵，花朵会因此发生悸动。

这本是很自然的事，只是年少的心，尚不能明白这样的事，于是乎，出现了他的“恶作剧”，你的“兴师问罪”。于是乎，有了“伤害”和“误解”，有了“困惑”和“难过”。

那怎么办呢？我以为，最好的解决办法：一是面对，二是丢开。

你问问自己的心，如果你真心想拥有什么，那就直接面对它。不兜弯子，不找借口，不假装，不故意，不过激，不冲动，有一说一，坦坦荡荡。你坦荡了，你获得的友谊，才会更加纯净。

如果你觉得面对不了，那就把它当作往事好了，埋在心底，或丢进风里，不要再为它自寻烦恼了。时间会带着你一路向前，你会升入高中，你会进入大学，你会走向社会，一路上的风景还有很多很多。那个时候，不晓得有多少和煦体贴的风，会吹软你的心呢。

梅子老师

走好你的下一步

梅子老师：

您好。

我是您的一个小读者，今年中考。三年来，我的成绩每次都在全市最好的高中分数线以上，甚至远超二十几分。但这次，我却离它差了15分，连第二所普通高中的实验班都去不了。

我不知道如今该怎样，虽然一遍一遍安慰自己没事，但是，我还是好想听听您的意见。这两天，每次想到这件事，我都好痛苦。

您的读者：追风筝的人

宝贝，你好。

我想问你一个问题啊，三年的初中生活，你有没有付出十分的努力？你有没有愧对过你的时光？

从你走过来的路——每次考试都在全市最好的高中分数线以上，我已得出答案：你已努力了，你没有愧对你的时光。

那么宝贝，你还有什么可自责和痛苦的呢！结果已然是结果，你不愿意接受也不成，与其如此，还不如坦然一些，承认它，接受它。对你来说，人生才是个开始呢，后面还有高中，还有大学，还有无数个无数个的考验……

实验班能不能上，又怎样？只要有课桌，有书本，有老师，有努力学习的劲头，有坚持不懈的一颗心，坐在哪里上课，都是一样。穷乡僻壤里也出人才，鸡窝里还飞出金凤凰呢。

所以呀，你不要把大好时光再浪费在所谓的“痛苦”上了，那很不划算的。你把今天的时间“痛苦”掉了，这个时间就再也回不来了。而它，带给你的，除了让你情绪低落外，还有什么？已走过的路，无论通顺与否，都无关紧要了，重要的是，要走好你的下一步。

趁着这个暑假，多读几本书（也可把高中课程提前预习）吧。如果有条件，多走几个地方，找找诗和远方的感觉。或去看两场电影，去逛一场花市，哪怕就是用心地研究一道美食，至少也能让你收获到愉悦。

宝贝，拥有一颗愉悦的心，才能使你充满力量，稳稳地走好下面的路。

梅子老师

人生的大自在

亲爱的梅子老师：

你好！

我是你的忠实读者。我的文字有些长，会占用你不少时间，你会理解我的，对吗？

一直见到有很多读者给你写信，我才发现，原来多愁善感的并不只是我。我也在你给他们的回答中，找到了不少自己想要的答案。但我的问题，似乎并没有因此而得到解决。我并不清楚究竟是什么在困惑着我，但我还是决定向你发送这一封邮件。请求你为我指出问题，若是可以的话，你能告诉我该怎么做好吗？

由于父母的溺爱吧，以及在上幼儿园时被其他小朋友排斥，我变得很敏感，也很胆小，喜欢独来独往，害怕同任何一个除父母以外的人交流（除了在社交软件里），就算和朋友聊天都会很紧张。因此，我不擅表达，而别人也总是因此误解我的意思。

初二时我曾有过一个朋友，可由于我的软弱，我不敢向她说出自己的想法，更不敢拒绝她提出的想法和要求，所以与她相处时，我觉得她没有考虑过我的感受，甚至以为她没把我当朋友，所以最后我选择了远离她。我在想，假如当初我勇敢些，大胆地向她表达自己，或许就不会与她成为过客了。

如今初三，我也遇到了新的朋友，是她主动跟我示好的。她很活泼，很爱说话，也很喜欢跟别人分享一些冷笑话和她读过的小说；她很有心，会悄悄在我口袋里放她自己爱吃的牛轧糖；她也会耐心听我说话，会理解我的感受。这样是很好，可是与她相处时，我还是不快乐。我独来独往惯了是主要原因，另外或许也是因为她常误解我的意思。她有很多朋友，我只是其中一个，我却几乎只有她这一个朋友。于她，我只是一小部分，可是于我，她是全部啊。这就让我非常痛苦。可能是我心胸有些狭窄吧。

但我还是这么小心眼儿下去了。我渐渐恢复了以前的独来独往。放学时不叫她就一个人走了；晚修时不叫她就一个人去拿饭；昨天一模去考场时我也不叫她就自己走了。我一个人看校园开满的紫荆花，一个人看夕阳西下，我感觉有些快乐有些自在，却也感觉有些不快乐——我好像伤害了她。我很不想将就，更不想改变我现在的独来独往，但我也很不愿意伤害别人。梅子老师，我该怎么办才好？

你的读者：小筠

小筠，你好。

你的小心思真的有些乱哦，如杨絮一样的呢，小风一吹，就飘飘洒洒漫天飞了。

我帮你理了理，问题的症结只有一个，就是你不知如何与这个世界相处。

或许是从小父母的过度保护，让你成了温室里的花朵。你一再强调害怕伤害别人。其实哪里是啊，你是害怕被别人伤害才是。你畏手畏脚着，外面再多的绚丽和热烈，你也不敢尝试着触碰一点儿。你的内心，住着一只小怪兽呢，这只小怪兽的名字叫——不自信。

你被这只小怪兽操控着，认定自己是软弱的，是孤僻的，是敏感的，是胆小的……于是乎，你自设了一个樊篱，把自己囚禁在里头。

宝贝，你根本不认识你自己呢。青春着的女孩子，就像露珠浸润着的蔓草一般，水灵，清扬婉兮。人说，青春无敌。你拥有的，是傲人的资本，你有何不自信？花朵不拒绝风的造访，才使它的芳香传播四方。你也是花一朵呢，为何要拒绝他人的好意？

你也有你的可爱和善良，这点你要充分相信。不然，怎么会有同学主动和你交朋友？怎么会把她喜欢的牛轧糖悄悄放你口袋里？你享受独处的时光，这很好。我也是个顶喜欢独处的人，但我从不拒绝适当的热闹。独处不是封闭自我，不是孤僻，不是冷傲，我们需要与他人分享喜悦。独乐乐不如众乐乐，分享的快乐，有时，远远大于独自享受。就像你欣赏到满校园的紫荆花，你获得愉悦。但你在愉悦的同时，却失落着，又有些不快乐了。我替你遗憾着，假如当时你的那个朋友也同你一起欣赏呢，你是不是会获得双份的快乐？你们会聊些紫荆花的事儿，说不定还会吟出杜甫写紫荆花的诗句来：“风吹紫荆树，色与春庭暮。”

又假如，她带来她的朋友，来和你一同赏呢？那景象该有多美好，紫雾般的花，映衬着一群青春的女孩子，如梦似幻呢。多年以后你回忆起这场景，将会多出多少的怀念和感恩啊。青春不留白，有过这样的陪伴，人生才算得上丰满。

宝贝，不要拒绝这个世界的好意，你也要努力成为其中的一个，做到大方、坦诚、友爱。在与世界的相处中，一切随缘吧，缘来，珍惜；缘去，不强求。记住，朋友是来去自由的风，而不是你的私藏品，谁也不是谁的全部。世界很大，天地很宽，你会遇到越来越多的风景，越来越多的人。不刻意，不偏执，坦然相处，随遇而安，也才能赢得人生的大自在。

梅子老师

另起一行

梅子老师：

你好！

高考结束了，很累！不仅仅是肉体的累，肉体的累歇歇就好了，可精神上的累不是那么容易缓解的。三模过后，有一段时间我都绝望了，心情很低落、很难熬，心疼得要命，睡也睡不踏实，心超级累。高考过后，我比之前还紧张，九号晚上回家，我一夜没睡好，睡一会儿就醒了。

有些事情，一开始就知道答案了，当时看得很开，觉得结果没有过程重要，但还是想试一试。事后，什么都经历过了，付出了，又有那么一点在意结果了，很矛盾。当答案即将揭晓的时候，我还是会难受。

本有那么一丝丝希望，想要赌一把，最后还是怕输了。

他们都说，高考可以改变命运，这是真的吗？高考是离梦想最近的一次，可我离梦想却越来越远，渐渐地，我抓不住梦想的尾巴！

为什么要让自己那么累地去追求那渺茫的希望？为什么不在单招时选择放弃？一切因为我想闯，想尝试！可没有什么事是如我所愿的。我不想面对这一切，试图将自己麻痹到成绩出来的那一天，那个时候，我就必须要面对了，就没有逃避的理由了。

前方的路在哪里？我该怎么做？

你的读者：舟

宝贝，你好。

原谅我，没有及时给你回信。

我在等，等高考成绩出来。

我当然知道，这个等待的过程，对你来说，是多么难捱。但，这是你必须经历和承受的，旁的任何人，都帮不了你。

现在，你高考成绩的谜底已揭开了吧？也许它出乎你的意料了，也许它就在你的意料之中。无论是哪一种，我都要恭喜你。从此，你的人生，要另起一行了。

高考是什么？是多年的播种、耕耘，开了花结了果，终于收获了。当然，这果实会有大有小。但对你命运的影响，并不完全取决于果实的大小，而是要看你，怎么利用这颗果实。倘若日后你精心伺弄，用心培育，它定会重新生根发芽，蓬勃出另一番天地，来个硕果满园。但如果你只一时享用它的芳美，日后却懈怠待之，最终，它将会干瘪掉，你将颗粒无收。人的一生，其实一直都在播种和收获之中。

我曾教过一个学生。高中三年，他的成绩在年级里都是名列前茅。高考时，毫无悬念，考上重点大学。接到通知书后，他的父母激动得大摆宴席，所有认识这孩子的人都预言，他的未来将前途无量。然两年后，这孩子却被学校勒令退学回家。两年的大学生活，他全部用来玩电脑游戏了，导致门门挂科，再也无法把学业继续下去。

我还教过一个学生，当年高考，成绩很一般，最后只念了个民办本科院校，学的是冷门专业——宠物医学专业，没有一个人看好她。然这个学生后来却读研，读博，人生一路开挂。现而今，她已是某科研所的骨干成员，科研成果一个接一个出来。

宝贝，一场考试真的决定不了人生的输赢，人的命运，是由无数次风无数次浪组成的，什么时候都不要说“希望渺茫”这样的话。渺茫的只是你的心，而不是希望。你要整理的是自己的心，要尽量让它变得坚定和踏实。前方的路就在前方，好好走着吧。也许在这条路上，你还会遇到失败，遇到坎坷，然只要你有明确的方向，所有的失败和坎坷，最终，都将变成戴在你脖子上的花环。

好了，高考已离你远去了，还是先放松一会儿吧。趁着这难得的空暇时光，去读读这世上的好风景。如果你手里的钱不多，就近处走走看看，这个季节，绿阴幽草胜花时呢。倘若你手里有些余钱呢，咱就走远一点儿。新疆是值得一去的。这个时候，山坡和草甸上的花，花期正盛，五颜六色，雪山相映，美得不像人间。也可以到云贵高原去看看水，那些山谷里的水，那些飞溅而下的瀑布，旺盛得不得了，全都染着绿，像撒了无数的翡翠了。还可以去西双版纳看看云。那里的云，被那里的人们喂养得白白又胖胖，每一朵都是丰腴富足的。

宝贝，当你置身于美妙的大自然中，你会由衷感叹，这活着的值得，便愿意为之，付出一生的努力。

我们的努力，只为配得上这个世界带给我们的美。

梅子老师

我把今天爱过了——
每一个被我爱过的今天，
才是我真正的人生。

第三辑 我把今天爱过了

我把今天爱过了

梅子老师：

您好。

我是您的读者，从小学六年级我就读您的文章，可以这么说，是您的文字陪伴着我长大。谢谢您。

我现在读高三了，却越来越不开心，心里总像被什么压得沉沉的，想哭，却哭不出。想挣脱，却无法挣脱。

我想问您一个问题，您有没有想过要回到过去？当您意识到再也回不去了，您会怎么办？

您的读者：欣欣

欣欣，你好。

收到你这封信时，我正走在深秋的天空下，去寻找漂亮的叶子。

其实根本用不着寻找，这个时候的天空下，到处游荡着漂亮的叶子。我捡各色各样的叶子：有爬满皱纹的梧桐叶；有生着可爱雀斑的海棠叶；有珊瑚一般红的紫薇叶；有像金色小扇子的银杏叶……哪怕随便一枚草叶子也是好看的，一捧温柔的土黄色。秋天做得最漂亮的事，就是让万物各归其位，带着一生的荣光。

我把捡来的叶子，夹到我的书里，夹到我的笔记本里。我等于收藏了这个秋天了。我知道明年的秋天，还会有各种各样漂亮的叶子，但它们不会是今年的这一些了。每一个经过的今天，都将成为往昔。而每一个往昔，都不可能再重新来过。

所以我从没想过要回到过去，尽管那里有我的年轻青嫩，有我的无忧无虑，有我的貌美如花。然它再好也是过去的事了，它不属于我了，它只属于记忆。我偶尔会回忆一把，但绝对不会在上面停留太多时间，因为我的时间太宝贵了，我要用来爱今天。爱这个关乎着我的一呼一吸的今天，爱有叶子红着黄着的当下，有木芙蓉花还在开着的当下。我把今天爱过了——每一个被我爱过的今天，才是我真正的人生。

欣欣，我不知道压在你心头的到底是什么。也许是情感上的事情，也许是学业上的事情，也许是对明天的恐惧和迷茫。无论是什么事情，咱不要逃避它好吗？如果是情感上的事情，若不能继续，就丢开吧。天涯大着呢，芳草多得会迷花你的眼。如果是学业上的事情，咱只要尽心尽力就成。不然又能怎样？樟树做不成榕树。同样的，榕树也成不了樟树。每个人做好自己就很好了。至于明天你会怎样，那是到了明天你才会知道的事，何苦在今天去愁？再说，愁也愁不来呀。我想，倘若你把今天的路走好了，你的明天，断不会差到哪儿去。

欣欣，真正属于你的东西只有今天。我好希望在不久之后的某一天，会听到你对我说，梅子老师，我好开心，我也把今天爱过了。

梅子老师

画一个雪人送自己

梅子老师：

您好。

对不起，我又来麻烦您了。开学半个月了，我在学校待了十五天，不知道为什么，学习没有动力，没有激情，浑浑噩噩的，每次小测试也都考不好，总感觉很累。

我在学校的时候很想家，军训期间和第一个星期，一给我妈打电话就哭，所以星期六我妈去看我的时候，我就晚上请假回家了。不知道为什么，在学校就是不太想学习，但周围的同学都很努力，而我……

我也想好好学，但就是没有从前的激情了，我想找回从前初三时的那股拼劲儿，也怎么都回不去了。一回家，爷爷奶奶就在那儿安慰我，让我好好学，不会就问；我爸在外面上班，也是给我打电话，问我怎么样了；我妈更是竭尽全力地对我好，一直鼓励我。我不想让他们失望，但状态一直不好，每次遇到挫折和困难，即使咬牙坚持下来，等待我的也不是彩虹，而是又一个困难。

下午我又要去学校了，希望梅子老师指点一下，让我调整好状态，谢谢梅子老师。

您的读者：梦影

宝贝，向你道一声：辛苦了！

初三阶段的最后冲刺，让你用尽了浑身的气力，你现在，只不过是进入了身体的疲惫期。虽你不想如此，可身体有时不随我们的意志而转移啊，它累了就是累了，它不会欺骗我们。

又，人的情绪也是波浪起伏的，有高潮，必有低谷，你眼下正经历着情绪的低谷期。这非常非常正常，就像秋天再斑斓华彩，冬天也还是会来，大地几乎是在一夜之间就被寒冷和肃杀垄断了，再不见丝毫绚烂。这个时候我们诅咒冬天有用吗？着急和哭泣能改变什么吗？当然不能。那我们何不放宽心，坦然接纳这个冬天，让心慢慢沉淀下来，换个角度，打量一下眼前的冬天，享受它的干净、简单和安宁，充满期待地等着一场雪的到来？即便最后等不来雪也没关系，我们可以慢慢画一个雪人送自己。不知不觉地，你以为难捱的冬天，就这么悄悄过去了，春天的脚步轻盈而来，你又将迎来一个世界的明媚。

宝贝，不要急，适当放松一下自己是不要紧的，不要怕你一不努力，就让别人超过了。神经之弦也有它的承受度呢，当弦绷得过紧，必会断的。再说，你的同学也不是钢铁之躯，他们也有他们的身体疲惫期和情绪低谷期，只是你不知道罢了。

是的是的，你目前要考虑的不是如何不负重望，而是怎样让自己快乐起来，一个人只有在快乐中，做事情才不会感到吃力，效率也才会提高。去听听好听的歌吧，画点好玩儿的画吧，哪怕就是对着天空发发呆也好。你也可以把小心情写在纸上。我一直以为，抒写是缓解情绪的最好方法。学习掉下来一点儿也没关系，等咱调整好心态了，咱还是元气满满的美少女，稍稍一发功，“噗”一下，就又赶上去了。

祝你快乐！

梅子老师

星星再亮，也在天上

梅子老师：

您好。

我想问您一个问题，追星对吗？

我喜欢一个明星，他很善良，很努力，浑身充满正能量。我从没向别人说过这件事，因为我觉得追星的人都不理智，而且追星就是无尽的单恋，没有任何回应。但他也对我有很多积极的影响，因为他很优秀，所以我也要像他一样优秀，但我怕因追他而浪费我的精力。

我不知道怎么办。期待梅子老师的回信！

一位十四岁的少年

宝贝，你好。

首先羡慕一下你的少年时代，明星辈出，信息丰富。

我的少年时代，生活简单，电影电视那都是逢年过节才能看上一场两场的。那时流行过一阵电影明星的贴画，我买来，贴在作业本上。也仅仅是把他们当作美好的事物欣赏着，就像欣赏一朵花一棵树一样，从没因此而迷恋过。他们的生活与我相隔遥遥，我有我的生活和人生。

然你的“追星”显然与我的不同了，你不仅仅是欣赏、喜欢，更多是迷恋和沦陷了，你把你有限的精力，用在这件事上了——如果真的是这样，宝贝，我是不能对你投支持票的。这种追星行为，是一种相当盲目且愚蠢的行为。

星星再亮，也在天上，它落不到地上来。正如你所说，你的这场追星，“就是无尽的单恋”。你把金子般的光阴和好年华，浪费在一件虚幻的事情上，你说你冤不冤？

当星星照亮你的时候，你感觉到了温暖和明亮，你有了喜悦和喜欢，甚至，是热爱，是感激，这都正常。你要做的，不是踮起脚尖，拼命伸手去够那颗遥不可及的星星，而是努力地把它身上传递出来的温暖和明亮，转化成你的温暖和明亮，不断修炼自己，争取也做一颗星星，在照亮自己的同时，照亮他人。

记住宝贝，最值得我们崇拜的明星，不是别人，而是每天都在变得更好的那个自己。

梅子老师

花朵的意义

梅子老师：

你好。

很难过。刚刚快写完的稿子被我不小心删了，那就重来吧。

回想这个暑假，我真的挺难过的。父母给我报了几个补习班，我每天和作业打交道。因为上补习班，我也认识了很多学霸，以前一直觉得学霸等于天才，如今才知道，学霸每天不仅要完成老师布置的作业，还要完成自己买的资料。

下学期我就初三了，即将面临中考，而我的成绩总体来说也就十几二十几名。语文一直可以保持在班上前五，而数学和物理就不大理想了。

随着中考的临近，父母对我的要求也越来越高。以前他们都是非常支持我的兴趣爱好，我想学钢琴他们就送我去学，我想买书他们就帮我买，一买就是五六本，像《穆斯林的葬礼》《雪落香杉树》这些小说一直是我比较喜欢的，百看不厌。如今不用说买书了，连我看他们都不许。“有这个时间不如多做几张数学卷。”这是他们说的。我也反驳了，却被他们当作不懂事。

以前父亲和我几乎无话不说，可是今年我们却不怎么说话了。父亲喜欢说大道理，他的一些生意伙伴的孩子都考上了本市最好的高中，他不能输。他要靠我挣回姐姐没给他挣过来的面子。他没有直接这么说，可是我都懂。

我也知道他为我好。

放假第一天，我和好久没有一起玩儿的小学同学疯玩儿了一个下午。没想到晚上，同学的妈妈就找过来了，并且让我不要找同学了。爸爸一向好面子，把我一顿骂，以至于我和爸爸如今的关系越来越僵了。其实我也想变成一个懂事的好孩子，不让父母担心，毕竟姐姐已经嫁人并且在外地工作，我是他们的全部了。我也想在十年后回想如今，觉得一切都是值得的。可是现实总告诉我，我不优秀，我不是学霸，连朋友的家长都不喜欢我，父母也总和我说别人家的孩子如何。

我知道这么想会显得我很幼稚，但是最近每晚上床，刚闭眼，脑海中就是学霸们的奋笔疾书、好友妈妈的登门拜访，以及爸爸说的那句“我对你太失望了”。

可是我已经在努力，并且很努力了，为什么父母看不到呢？

求回信了梅子老师。

你的读者：小妍

小妍，你好，谢谢你把心里话告诉我。

你是个好孩子，这个，你一点儿也不用怀疑。

你会弹琴，又爱读书，多么好！我好希望这两样兴趣爱好，不会因时间、地点、环境而转移，会成为你终身的兴趣和爱好。

一个暑假，你都在补习，你没有过分抱怨，你知晓了学霸们之所以成为学霸的秘密——比别人付出更多的努力，“学霸每天不仅完成老师布置的作业，还要完成自己买的资料”。我以为，这对你来说，是个很大的收获呢，你能够正视努力，并且付诸实施，“我已经在努力，并且很努力了”。

好，那咱就继续努力下去，父母或他人暂时看不到，他们不理解你，甚至误解你，那有什么要紧的？我们的努力，不是为了让父母或他人看到的是不是，我们的努力，更多的是为了我们自己。

很多时候，我们不需要去怀疑自己，去辩解什么，因为怀疑和辩解，无济于事。真正可行的方法只有一个，那就是，埋下头来，走自己的路。这一段路上，也许无人喝彩，也许很寂静，但走着走着，你就走出一片属于自己的光明来。到那时，你根本无须再去为自己辩解了，事实胜过一切。

当然，也有可能，你付出十分的努力，未必能达到预期的目的。即便如此，你也应该坦然。这正如花的开放，有的花颜色艳丽，却无香；有的花色彩浅淡，却香味隽永。有的花硕大如盆；有的花却小巧如虫子。花朵的意义，不在于颜色是否艳丽，不在于香味是否隽永，不在于是大是小，而在于，是否努力盛开了。你让你的每个日子，充实地度过，这就是最大的成功。

相信我宝贝，父母的不理解，朋友妈妈的不喜欢，那都是暂时的，你走好自己的路就是了。嗯，每天早起时抱抱自己，让自己喜欢上自己。然后，笑着迎接新的一天。这样的你，会变得越来越好，到时候，想让别人不喜欢都难呢。

梅子老师

别辜负自己

亲爱的梅子老师：

您好！

我是一个十六岁的女生，马上要上高中了。可是，随着年龄的增长，我感到越来越迷茫，我不知道自己为什么要学习？母亲从小就告诉我，穷人家的孩子，只有好好学习才能出人头地，才会有一个美好的未来，才会有一个灿烂的人生。可是，我的成绩并没有那么优秀，这让我感到很焦虑。而且我马上要上高中了，不久也会迎来高考，我很怕会辜负父母的期望。

我真的不知道该怎么做了，我想听听您的建议。

祝您永远健康快乐！

您忠实的读者：淡墨清岚

宝贝，你好。

十六岁，多好的年纪！

我想我的十六岁了。

那个时候，我刚从乡下的初级中学，考到镇上的完中去读书。我穿着我妈纳的土布鞋，我背着我妈缝的花格子书包，被城里同学取笑，乡下泥腿子。

那个时候，我像只慢慢爬行的蜗牛，自卑地把自己封闭在一个壳里面。我家境贫寒，长相算不得出众，人又算不上顶聪明，唯一公平的是，我可以和别的孩子一样，坐在教室里读书，我可以和他们一起聆听老师的课，一样地享受阳光、清风和明月。

我爸妈从没给我说过什么人生大道理，他们只是把做农活儿的农具给我备好，钉耙、锄头和扁担。我的出路写得明明白白，倘使书读不下去，只有回家，回到我那偏僻的乡下，扛起钉耙、锄头和扁担，以后找个人随便嫁了，重复着祖祖辈辈的日子。

这很现实，命运由不得我做出另外的选择。那么，好，我只有埋头好好读书。我信，勤能补拙。当别的同学在睡觉的时候，我在学习；当别的同学逛街的时候，我在学习；当别的同学玩耍的时候，我还在学习。大家的智力其实都差不多，唯一的差距，就是有人肯付出努力，有人不肯罢了。

是的，我很勤奋，这个习惯，从我少年时就养成了，一直到今天，都未曾有所改变。它没有使我变得有多杰出有多了不起，但足以使我变得更美好，使我成为我想成为的人。

宝贝，你说你不知道为什么要学习。答案其实很明朗，就是为了使你成为一个更好的你啊。在我的记忆里，我最感谢的，就是中学那段勤奋的时光，它让我从我的乡下走出来，走到更广阔的天地里来，走到更多更远的地方，阅览了人世间更多的风景。

你说你并没有那么优秀，这让你焦虑。我笑了，怎么来评价这个“优秀”？是要做年级第一？还是要考上清华北大？普通人难道就不优秀吗？只要积极向上，只要善良友爱，只要不颓废，在我看来，都是优秀的。我只知道，焦虑没有用，着急没有用，哭泣没有用，唯一有用的，就是努力去做。努力了，才能有所改变。也许最终无法达到别人眼中的那个优秀，但是，因为努力，我们会让自己更接近那个更好的自己。不是吗？

写到这里，我想起去年去拉萨，遇到一个从芒康来的小母亲，她带着她的三个女儿，到拉萨读书，最大的女儿上幼儿园，最小的女儿还在吃奶中。我不解，问她，芒康没有学校吗？她告诉我，也有的，但拉萨的教育资源多啊，我想让我的女儿们接受更好一点儿的教育。她说，有文化多好啊，哪怕是做生意，有文化的人和没文化的人就是不一样。她没文化，但她希望她的女儿们都能做个有文化的人。

宝贝，不要说怕辜负谁谁谁，我们最应该怕的，是辜负自己。为了你自己，好好学习吧。

梅子老师

着手去做，永远比空想更可靠

梅子老师：

你好！

我是深圳一所普通学校的学生，我已经上九年级了。现在的学业愈来愈繁重，每天学校的大课间还要求女生做仰卧起坐，但是我真的做不好，每次躺下去，却怎么也起不来。前天，班主任老师叫我到办公室，跟我谈一些我的情况，她说我们班女生仰卧起坐做得不行的，就是我和另外一个女生。但我是愿意做却起不来的，而另一个女生是懒得不愿意做的。

后来，我一直在想老师说的话，越想越不安、烦躁、担忧、害怕。还有不到一年就要中考了，时间真的不多了，而且体育还是第一门，如果我连体育也考不好，那么接下来的文化考试，也不怎么会考好。

老师的要求是能做七十五个仰卧起坐，别的同学都可以做五六十个，而我却只能做二十多个，我想努力，也愿意努力，但真的很害怕自己追不上别人。

我又是个喜欢看电视的电视迷，总克制不住自己，分配不好时间。七年级时我都是年级前十名，八年级的几次考试，我成了年级五十几名，心里很惶恐。幸运的是，八年级最后的期末考试我考了十四名，才在九年级分到了重点班。这很侥幸，是因为我历史成绩很好，才把排名提上去的。我很清楚我的语、数、英是比别人弱的。

现在的我很迷茫，因为我很清楚自己身上的问题很多，我怕时间来不及了。而我的理想是上深圳四大的外国语学校。我不知道倘若没考上，我又会怎么样。梅子老师，能给我一些建议吗？

期待你回信的小衣草

小衣草，你好。

看完你的信，我笑了。

我想起中学时代的那个我。那个时候，我最不喜欢的老师是体育老师，原因很简单，因为他教体育呀，还教得特别认真。我不喜欢运动，怕上体育课，他总要来捉我到操场上去，每次还偏偏都要练习我最讨厌的一项运动——“跳马”。除了我，全班没一个人不会，每每跑到那“马”跟前，我就慌了神，腿怎么也迈不上去。那个时候，我胖胖的，同学们一看见我站在“马”跟前踌躇，就哄笑开来，哦，小胖墩又跳不过去了。唉，搞得体育课一度成为我的魔障。

那个时候，成绩单子上也有体育成绩呢，我每次呢，因这个“跳马”，体育成绩都是不及格。这很打击我的。痛定思痛之下，我反倒豁出去了，我就不信了，在同等条件下，别人能做到的，我干吗做不到？于是乎，我就从练习跳小矮凳开始，慢慢往上增加高度。也不特地去练，在每天做作业做累了时，跳两下。在课间休息时，跳两下。走路时，遇到稍高的地方，我跳过去。纯粹是练着玩儿，玩儿着玩儿着，胆就玩儿大了。后来，再考“跳马”，我没有一次不率先跳过去的。

相对于我的“跳马”来说，你的这个仰卧起坐，实在算不得什么。为这个生了烦恼，一点儿也不值得呢。只要平时多练练就好啦，每晚临睡前，在床上做上几组。早上起床，再做上几组。这既不耽搁时间，又锻炼了身体，假以时日，你说不定还能成为这方面的高手呢。

宝贝，你现在在重点班，这很了不起。你对自己的学习状况看得异常清楚，这更了不起。多少人“只缘身在此山中”，因而迷失自我，糊里糊涂着，你却活得很清醒。这是人生的好态度，要保持。

你说自己身上的问题很多。那就一一解决它呀，语、数、英弱一些，咱就把学习时间多向它们倾斜一些。当你的日子被学习给填满了的时候，哪里还有心思去看电视？你说你怕时间来不及，我又笑了。既然你怕时间来不及，干吗还在浪费时间，一个劲儿地迷茫和空想？

能不能考上深圳的四大外国语学校，那是一年后的事。为这个一年后的事，你在这里牵肠挂肚苦恼徘徊，是相当划不来的。我以为，“我不知道倘若没考上我又会怎么样”这样的问题，应该留到你明年考完之后再思考。或许你一下子就考上了呢，这个问题也就自行解决了。

宝贝，着手去做，永远比空想更可靠。无论结局如何，通往明年的路，我们总要走下去，这是无可回避的。那就好好走着吧。

梅子老师

放下

梅子老师：

您好！

我看到许多学生给您留言，于是也想向您倾诉一下我的烦恼。

我刚刚升入初中，十三周岁，到了新的环境中，我接触了很多新的事物。小学的时候，我的成绩还不错，各科老师都还挺喜欢我。但是，到了初中后，我发现自己和这里的同学聊不到一起，也可能是刚开学的原因，互相没有深入地了解。

这几天进行了几次小考，我的成绩非常不理想，英语听写也一直没有全对过。别的同学却考得出奇地好。我很纳闷，为什么升入初中后我的成绩变成了这样？

在学校的这段时间里，我很想家。上课的时候虽然认真听讲，但总是达不到我要的效果，和小学的自己差距很大，我不知道哪里出了问题。我在这里每天闷闷不乐，想着妈妈说的“我以你为骄傲”。爸爸和我说别人家的孩子学习多么多么好，考了多少多少名次，让我必须好好学。相对来说，在小学的时候我感觉到自己在学习中获得了快乐，而在这里，我感到了非常沉重的压力，每天度日如年，不知道为什么。

马上就要月考了，我不知道会考出怎样的成绩。如果考不好，我的父母该多么失望，我也许会更加丧失信心吧。随着科目的增多，作业的增多，各方面都令我担心，为什么我认真地学，却没有任何收获呢？在我看来，老师也没有觉得我学习多好，我考了很差的成绩，老师也没有说我，也没有叫我单独和她谈谈，这更加让我觉得难过。

我每天都很烦，想着这些不如意的事情却不敢和任何人讲，就这么憋在心里，真的很难受。梅子老师，请您告诉我，我到底该怎么做，才能让成绩恢复，让我重拾信心呢？

您的读者：星光下的女孩

宝贝，你好。

来，我们先笑一个再说。对，嘴角上扬，眉毛弯弯。这样的笑容，像不像一朵花在盛开着？这才是一个孩子该有的样子啊。

换了一个新环境，你有着诸多不适应，校园不一样了，老师不一样了，同学不一样了，你闻不到你曾经熟悉的那些气息，于是你惶恐了，你焦虑了，你度日如年了。

这本属正常。人对环境的适应性是有差异的，有的人适应能力强一些，有的人适应能力弱一些。这本无须过分紧张，慢慢儿地，你就会融入进去了。你需要的，只是时间而已。

你成绩的“下降”，或许也有不适应的成分在里面呢。以前你是被宠着的小公主，离开家了，没有人再宠着你了，你很想家，你不适应了。小学的天地相对来说比较小，在那个小天地里，虽也有星星闪烁，但你是耀眼的一颗，父母以你为傲，老师高看你一眼。而现在，你念中学了，到了一个大天地里，四面八方的星星都在闪烁，你淹没其中，没有人围着你鼓掌了，你不适应了。你因此焦虑，你因此心理不平衡，你闷闷不乐着。这样一个被坏情绪缠绕着的你，又怎能做到心无旁骛地认真学习？

有一句话说得好，昨天的太阳再灿烂，也晒不干今天淋湿的衣角。昨天再多的辉煌，那也是昨天的事了。而你今天面临的问题，必须今天全力以赴去解决。所以宝贝，你现在最明智的做法是，放下，重新开始。微笑着接受新的环境，尽快地让自己融入进去，熟悉它，爱上它。

当然，你也许很努力很努力了，却未必能成为别人眼中的优秀——如果真是这样，我们也不必因此烦恼和自责。大千世界，树木花草，鸟兽虫鱼，各有各的活法，我们每个人也都有各自的生命轨道，你只对你自己的生命负责，足够了。

宝贝，请相信，每一样付出，都会有收获，区别只在于收获有大有小罢了。只要有收获，也就值得我们高兴了。因为，努力的人生，从不会落空。

梅子老师

后天的修炼

梅子老师：

你好。

刚刚上大学的我，进不了学生会，各种面试也过不了，报名老师的小助手，也没有被选上，我觉得好难过。

大学好难，他们都好优秀，优秀的人会更优秀。我也想变得优秀，但是现实就是不行。我觉得自己长得也不好看，有点儿绝望。我该怎么办？

你的读者：雪愿

亲爱的姑娘，我好想问问你，你都心生绝望了，那些没考上大学的，或没有念过大学的人，岂不要绝望死？

进不了学生会，做不了老师的小助手，这是多大的事呢？能进去的，也就那么寥寥无几的几个同学。是不是别的同学都要因此生了羞愧，难以见人？

答案是，当然不会。

你的同学，在你郁闷的时候，他们也许正在图书馆里看书，也许正在实验室里做实验，也许正走在去做家教的路上。他们张着理想的帆，欢欣地朝着他们的目标奋进。唯有你，独个儿在那里怨天尤人，浪费着大把的好时光。其结果，必然是“优秀的人会更优秀”，而你，只能是那个平庸的。

你埋怨自己的长相，觉得自己长得也不好看。唔，我心疼了一下，假如我是你，我该替自己多难受啊。一个连自己都不喜欢自己的人，又岂能让他人喜欢上？

姑娘，现实的不行，绝对不是因你的长相。上帝赐你一副皮囊，你该做的，不是挑挑拣拣（你也没有办法挑拣），而是积极地填充内容进去，让它由内到外，散发出智慧的光芒。人的长相由天定，但更多的，靠的是后天的修炼。古今中外，那些有成就的人，有多少是靠颜值闯天下的？然他们的形象，却愣是叫人热爱膜拜得很。

姑娘，你已到了明确自己要什么，和做什么的年纪了。你想过你上大学可以学到些什么吗？你有清晰的目标要去实现吗？你想过毕业之后将从事或能从事什么样的职业吗？时间经不起惆怅和沮丧，稍稍晃一晃，你的大学也就过完了。你能从大学里获得什么样的经验和技能，好让你在将来的路上，走得有底气些，这对当下的你来说，才是最重要的事。

雪愿，你已不是耍小性子的小姑娘了，不能一点儿小事得不到满足就难过，就绝望。“绝望”不是能轻易说出口的，没到山穷水尽，没到走投无路，这两个字，咱千万不要说。即便山穷了水尽了，还有柳暗花明呢。所以雪愿，请你一定要记住，人生可以失望，但不可以绝望。

大学的路是宽广的，是通向四面八方的，你可以有多重的选择，找到适合自己做的事，并尽力把它做好。没有谁能阻止你变得优秀，能够阻止你的，只有你自己。

梅子老师

在自己的心里修篱种菊

梅子老师：

您好！

我是一名快要中考的初三学生，在一所很普通的私立学校上学。我原本幻想到了初三，班上同学应该是奋笔疾书，安安静静地写作业。然而我的初三生活却是这样：一下课，班上的男生就在那儿大喊大叫，叫同学父母的名字（好幼稚）；一上课，旁边的同学有的趴在桌子上睡觉，有的低着头玩手机；吃完饭休息的时候，还有人拿手机放节奏欢快的舞曲……在这样的环境中，我感觉烦恼极了。

期中考试结束了，虽然我的英语成绩有了进步，总分却被数学和物理拉了下来。我发现最近身边的同学都有相同的问题（不是只有一科不行，其他科都有问题）。这次班上大多数同学成绩都总体下降了，慢慢有些焦虑。再这样下去，我的中考怕是要废了，怎么办？班上最好的同学也只能勉强达到想报考的那个学校的分数线……大家的脸上都写满了迷茫。

我想这就是普通中学和重点中学的区别吧，所在的环境不同，谈论的内容也就不同，我们谈论的不是我要考哪所重点高中，而是不知道能不能考得上，“我放弃了”这样的话语充斥在耳边。我不知道怎么应对这样的环境，怎么处理我时起时落的心情，我变成了情绪的奴隶。

初三学校要求我们上晚自习，星期六还要上课，我星期六下午放学后还要去补习班补两个小时的数学，星期天再上四个小时的数学和英语，下午一点回到家做一下家庭作业。就这样一个星期就过去了。学校和家两点一线，日复一日。

都说初三是苦的累的枯燥的，要的不是热情而是谁能坚持到最后。虽然这些道理我都懂，可这样的日子无聊极了，我如那泄了气的气球一般，有时候积极地做作业，可没坚持多久就放弃了。一边想争取时间，一边又一只手去玩儿，一玩儿就能玩儿半个小时。心情时起时落，什么都不想做。第二天回想起来又在为昨天自己浪费时间而懊恼，随着时间越来越长，感觉越来越累。

我不想成为情绪的奴隶，也不想要这样纠结的、推一下才动一下的自己。

希望梅子老师能给我答复，不论是鼓励、批评，还是建议的一段话。

您的读者：心果

心果，你好。

读完你长长的信，我也有些郁闷了。瞧，坏情绪也会感染人哩。

在你身上，读书好像是受难，是一丁点儿乐趣也没有的——如果真是这样，宝贝，我劝你，这样的书，不读也罢。

然我很不死心，我很想很想问一下宝贝，读书果真如此枯燥如此难受吗？你难道不会因解出一道不会的方程式而欣喜若狂？你难道不会因背出一篇古文而特有成就感？你难道不会因完成了一篇英语作文而充满喜悦？如果我们在学习的目标里，都注入这样的小欢喜，然后一点一点去收获它们，那么，我们的学习，会不会有意思多了？

前提是，你要培养起热爱的情绪，而不是抱怨、逃避和懊恼。你说你待的地方不对头，是个普通的私立中学；你说你周围的环境不对头，同学们都不好好学习，得过且过；你说你的实力摆在那儿，你再努力也不能如何……是是是，这些都会成为你向上的阻力，然这些阻力再怎么强大，它们也仅仅是个外部条件罢了。最终决定你怎么走，走向哪里的，不是这些，而是你自己，是你的热爱，那也是对生命的热爱。荒漠里，也有玫瑰开。松树也会在岩石中生根。悬崖峭壁上，也有果实垂挂。

外卖小哥雷海为的故事你听说过吧？他在诗词大赛的舞台上，过关斩将，最终击败北大硕士，获得了《中国诗词大会》（第三季）的总冠军。人们津津乐道于他头顶上的桂冠，却少有人关注，那里面注入了他多少虔诚的汗水。少年时没钱买书，他把书店里书中的诗词背下来，回家默写。送外卖时辛苦奔波，但只要一有空闲，比如在等餐或休息时，他就读诗。你的生活环境比起他的来说，是不是要好太多太多了？宝贝，任何出现在你道路上的“障碍”，都不能成为你不前行的理由。至少对于目前的你来说，是如此。

愿你能避开车马喧闹，在自己的心里修篱种菊，勤于灌溉。最后也许不会有期待中的满园花簇簇，但请相信，只要你付出了，总有一朵小花，为你而开。

梅子老师

自己给自己鼓掌

梅子老师：

你好。

我是一名高三的学生。自从进入高三以来，我的成绩就一直下降，不知道是我不太适应，还是什么原因，平时上课都能跟上老师的节奏，但考试一次比一次差。

我没有上补习班，也尝试改变了自己的学习方法，虽然买了资料回来做，但是成绩一点儿起色也没有。我特别着急，不知道该怎么办。

我不想放弃，不想对不起自己，对不起妈妈，但是我再努力向前跑却怎么也跟不上。而且班上有一个极其令人反感的现象，班主任只关心那些送礼的同学，像我们不送礼的同学平常都不喊我们回答问题，有种被排斥的感觉，这种环境真的好压抑。距离高考不到200天了，我真的好无助，好绝望！

梅子老师对我这种情况有什么好的建议吗？

你忠心的读者：寂寂

宝贝，你学过哲学吧？哲学里讲，任何事物的变化都是内因和外因共同作用的结果。然内因才是变化的根据，外因只是个条件，外因的作用再大，也必须通过内因才起作用。

好吧，就算你们老师只“关注”送礼的那些孩子，但老师再怎么关注，哪怕细微到连他们每天穿什么每顿饭吃什么都关心，哪怕细微到他们一皱眉头，老师都紧张，但老师最终能代替他们去学习吗？答案是：不能。他们的路，还要靠他们自己走，那些背诵啊习题啊，还要靠他们自己去完成。

每节课堂，老师所提问的人数也有限。谁能站起来回答老师的问题，是给了他一个在全班亮相的机会，其他的，说明不了什么。只要那些问题你真的弄懂了，就好了。真本领是掌握在自己手里的，而不是表演给别人看的。这有什么好压抑的！

我最欣赏的生活态度是，没有人给我鼓掌，我就自己给自己鼓掌。纵使不幸生在岩缝之中，长在悬崖峭壁之上，也要努力绽放出花朵。而且，要更加绚丽夺目。那个时候，你以为是一片花园更引人注目和惊叹，还是一朵在岩缝里在悬崖上开出的花，更叫人心生敬意和仰慕呢？

进入高三，你的学习成绩的下降，也许与你的焦虑有关。给自己压力是好事，但压力过头了，就成了慌张，越慌张越手足无措，结果什么都想抓住，什么也都没抓住。就像你胡乱买很多的课外辅导资料来做，越做越乱，越做越没头绪。你以为的努力，大多数都是无效的。

哎，宝贝，你还是先把自己整理好了再说。不要去想距离高考还有多少天，我最反感这个了，弄得像世界末日似的。你就想你当下的每一天，这一天，你该记多少单词，你该温习多少课文，你该攻克哪一块的数学薄弱之处。要那么多课外资料干吗？你把书本上的知识点完全吃通吃透，能举一反三，就非常棒了。离高考还有 200 天呢，你急什么？你且慢悠悠地走过去。

祝你的今天开开心心！

梅子老师

揣着一颗认真的心

梅子老师：

你好！

我现在是一名高三的学生，还有四个月就要高考了，我有点儿紧张。

我平时学习还行，但这次期末考试没考好，现在都月经不调了。我有个爱好，就是喜欢看小说。我妈说过我好多次，但我就是改不掉。我觉得这四个月我应该可以控制自己，不玩手机的，但我也怕未来四个月太艰苦了。开了学就是一模考试了，然后二模、三模，就高考了。我挺紧张的，怕考不好，怕这三年的苦白吃了。

老师，我觉得好烦啊。我妈一直拿我和别人比，一直不停地说说说。我都快被她逼疯了。我真的不想理睬她，快被她烦死了。

你的读者：小妖

宝贝，你好。

祝贺你哦，就要告别你的中学生活了。你靓丽的人生，从此，要掀开新的一页了，有更广阔的天地，在前头等着你。

从小学，到中学，你也算是久经沙场的“老兵”了，偶尔一两次考试没考好，真的不算什么。海浪还有起起伏伏呢，何况我们人生？你要做的，不是追悔和懊恼，而是面对现状，怎样做好调整。

你也知道自己爱看小说，爱玩手机，这都是顶顶浪费时间的事。小说当然可以看，但毕竟是高三了，时间紧，我不建议你花大量时间去看。等你上了大学，有的是时间去读小说。手机上的花样太多，天天翻新，你埋头刷啊刷，根本不会觉察到时间的飞速流逝，一低头，半天就溜走了；再一低头，一天就溜走了。这个时间里，你能做多少习题，背诵多少课文啊。宝贝，你如果还不能醒悟过来，我真的要替你可惜呢。

四个月的苦你都受不了，我都不晓得你怎么面对以后的生活了。要吃到盘中餐，得有禾下土。你想得到，必须先付出。没有付出是不辛苦的。与其恐慌未来，莫如现在用功。无论你如何害怕如何不愿意面对，高考的日子就摆在那里，不增不减。我以为，揣着一颗认真的心，笑着走向它，会更好。

天下的妈妈少有不烦人的，这是妈妈们的通病——孩子似乎都是别人家的好。既然知道这是妈妈们的通病，咱就不要计较妈妈的啰唆了。告诉她，她的孩子，也在努力成为称职的好孩子，希望她也努力做一个称职的好妈妈。

梅子老师

没有一朵花是沮丧的

亲爱的梅子老师：

您好！

我很喜欢您的文字，还做了一些摘录，从字里行间都能体会到您是一个热爱生活、拥抱美好的人。

我是一个初三的学生，今年即将中考，时光流逝得太匆匆了。

我就是个普通人，没有很大的闪光点，就算有，与他人相比也实在是不值一提。我资质平平，成绩不算好但也不算差。近些日子以来，我越发感觉到自己的无能为力，一次又一次的失败把我彻底击垮了。我一直觉得我是一个好学生，我可以不突出，但我要求自己不能太差。

自从上了九年级，我似乎变得焦虑不安了，我怀疑自己的能力，可能真的不算好，我真的不优秀。我怀念以前的自己，失败了还可以再爬起来。

我该怎么办？

您的读者：小桦

宝贝，你好。

给你回信时，我的窗外，飘着好大一场雪，簌簌簌的，如风打落花。这是新春以来的第四场雪了，很出人意料。

我赶紧跑去楼下给两株蜡梅拍照，给三株红梅拍照，也给草地上的草拍照，给还清冷着的紫薇树、合欢树拍照。雪做了一面镜子，映出它们各自美好的样子：蜡梅是闪闪发光的黄宝石；红梅酷似一串串冰糖葫芦；草呢，戴上了白茸茸的帽子，萌萌的；紫薇树和合欢树那些喑哑的枝条，描着白的痕，看上去异常地俊朗——咦，怕是连它们自己也要吓一跳，啊，原来，我也会这么美啊。

就像你，宝贝，你有着青嫩的眉额，有着青嫩的思想和情感，就算你再普通，你也正坐拥着你的黄金岁月啊。路过你的人该怎么惊叹：啊，多青嫩的一个孩子啊。他们多想回到你的青嫩和蓬勃里，你身在其中并不知觉。

普通、没有闪光点、资质平平、一次又一次地失败、不优秀……你这么定义着你自己，我都替你感到委屈了，“她”真的就这么不值一提不受你欢迎吗？

一个人倘若连自己都不爱自己、不欣赏自己，又岂能活出灿烂和趣味来？是的，普通，我们都是普通的。因为普通，才更接地气，才更具有旺盛的生命力。然每一个生命的存在，又都是唯一的。因为它的唯一性，它又成了不普通的、极其特别的。

我曾种过非洲菊。一把看上去一模一样的种子，撒到土里。不久后，冒出了很多的芽芽，芽芽看上去也是一模一样的，然长着长着，就有了区别，有的长得高一些，有的长得丰满一些，有的长得矮小，有的长得瘦弱。到开花的时候，有的开了白花，有的开了红花，有的开了黄花，有的开了粉花。有的先开，有的后开，有的花朵很丰腴，有的花朵秀气小巧。但没有一朵花看上去是沮丧的，没有一朵花独自在那儿焦虑不安，它们竭尽所能地，为着自己的开放做着努力。哪怕到深秋了，也还有晚开的花儿，兴高采烈地捧出自己的明媚。

宝贝，人生一场，最该相信的，是你自己。每天请对自己说一句，我最棒。你不要去论什么成功，也不要去论什么失败，你只认真地走着自己的路，认真地对待你的每一天，活得欢欢喜喜的，也就无愧于你的人生了。也许有的人跑在了你的前头，但没关系啊，你也一直在走着呢，总能走到终点的。

梅子老师

守护好你的梦想

梅子老师：

您好。

我是因偶然在图书馆看见了您的《等待绽放》而喜欢上您的作品的。看您的书时很轻松，也能学会一些道理。您的书我很喜欢，希望您多出书，给我们这些迷茫的人一盏指路明灯。

我一直以来都有一个梦想，可家里人不断地打击我，说我一定实现不了。我知道自己文采不好，所以不断地练习，可写出来的文章还是如同流水账。我有时真的想放弃，因为真的坚持不下去了，我已经没了自信，更不知道如何找到自信。

自从没了自信，我的成绩就下滑得很厉害，我觉得自己已经失败了，所以上课时总是一副吊儿郎当的样子，爱听不听的。我很想学好，但又不知道该怎样学好。

爸爸一有不开心的事就拿我撒气，晚上我做作业时，他在那里玩手机，声音开得特别大。我跟他说，他就回我一句“我不要你管”。每次看到别人家的孩子有家人陪、有家人疼时我特别羡慕。虽说我妈也疼我，但她一年就回来十来天，每一次回来他俩都要吵架，时不时就说离婚。我劝他们，他们不听。我真的不知道该怎么办了，所以我只能给您写信了。我想征求您的宝贵建议。

您的读者：樱桃少女

宝贝，我给你讲一个故事吧。

有这么一只小青蛙，和一家人，一起住在一口枯井里。它们每天重复做的事只有一件，那件事是，捕捉虫子。岁月就这么一天一天流淌着，无波无澜，不惊不扰。

一天，小青蛙对着枯井上面的天空，痴痴看了一会儿，突然告诉家里人，它有个梦想，想做个探险家。

外面的世界里，一定藏有很多宝贝，我要找到它们带回家。小青蛙响亮地说。

家里人都当小青蛙是说胡话，它们嘲笑着它的不切实际，说，你真是不自量力呢，还要做什么探险家，你当心险没探到，就被外面的世界给活剥生吞了。

哎呀呀，你还是别做梦了，练习捉虫子的本领要紧。它的爸妈对它说。

小青蛙不听，它积蓄着力量，一路朝着它的梦想奔去。它跳出了枯井，到了外面的世界。外面的世界真广阔啊，小青蛙惊讶坏了，它蹦蹦跳跳一路走，一路看，它走过了旷野，渡过了河流，穿过了森林，遇到了花海。每一天，它都活在从未有过的期待和快乐中。

一年后，它返回家。

家里人见它两手空空，一齐笑开了，哦，你没做成探险家呀。

小青蛙没有辩解，它双眼熠熠地跟家里人谈起路上的见闻，听得家里人眼睛都直了。那些它们从没见过的风光，都在小青蛙的脑海里装着呢。

后来，小青蛙不时被些别的青蛙请去，讲外面世界的事情，它成了个演讲家。

宝贝，听完这个故事，你有没有想到一些什么？倘若你有梦想，那么，你就有责任守护好它，那是属于你的，风吹不走，雨打不掉，哪能因家里人的不支持，就自个儿丧失信念？知道吗宝贝，有时的梦想，不是用来实现的，而是用来作支撑的。人生因有了梦想，才变得不苍白，才有了期盼，才有了走下去的勇气和力量。最后梦想能实现了当然好，倘若不能实现也没关系。因为，在追逐梦想的路上，你的收获，已远远超过了梦想本身。

好了，宝贝，现在，你准备好了吗，咱们要开始逐梦了。就从一堂课开始，咱集中精力，认真听讲，争取把课堂效率最大化。课余时间，咱多读些书，勤做笔记。另外，找个合适的机会，跟爸妈好好谈谈，谈谈你的困惑，和他们对你的影响，并用实际行动向他们表明，你的勤奋和懂事。你会成为父母的榜样呢，他们或许会因你而改变。

宝贝，命运从不薄待勤奋的人。你的自信，应该来自于你的勤奋，而不是别的。

梅子老师

你有你的日月星辰

亲爱的梅子老师：

您好！

很荣幸能给您写信，此信就当我是向您诉苦的吧。感谢您在百忙之中看到我的信件。

我是个初一的学生，幸运地考上了傲班（强化班）。令我困惑的不是成绩，而是我的处世交友问题。

“我是个腼腆的女孩子。”这句话一直出现在我的作文里。我不擅长也没有勇气和别人说话，一个学期下来，看着别人都三五成群地谈笑风生，我却像个怪物一样，在一阵阵笑声中呆坐在那儿，尴尬地掰着手指。

不知道是不是因为我的外貌，班上的同学总是看不起我，很多人都在背地里说我。“你看她的腿，壮得跟别墅一样。”“噫，这种胖子也能考上傲班？是不是父母用钱换来的呀？”“你看她脸上的痘痘，好恶心啊，和怪物一样。”他们都以为我不知道他们怎么议论我，但在他们无礼的手指指向我时，我一切都知道了。因为小学时，我已经受到过很多诸如此类的嘲讽了。

班上有一些比较皮的男同学会大胆直接地说出来：“×××，你这个老白痴！”“你脸皮好厚啊！”过分至极的还有“神经”之类的。在这样的嘲讽中长大，我觉得自己没有心痛到自杀——像电视剧里那样，已经很不容易了。

我租住在学校附近，上学时总会遇见一些校友。今天，我起床晚了些，路上剩下一些还不想去学校的男孩子。我从一个个子很高的男孩子旁边走过，那个男孩子的同伴指了我一下，我没在意，继续走。之后那个男孩子喊了短促的一声，我听力有点儿障碍，没听清，也不知道他是对谁说的，就继续往前走。

男孩子又喊了一声，声音更高，这下我听清楚了，他喊的是“母猪”。但我不能确定他对谁喊，所以没有当场质问，况且如果我理了他，就真的成了他口中的“母猪”。

我走到转弯处时，男孩子又说了一句话，是对他的同伴说的：“那母猪不理我。”我这才反应过来，刚才路上好像只有我一个女生，他是在喊我“母猪”！我很想冲回去暴打他一顿，但多年来的隐忍使我变得胆小，我还是没有为自己“复仇”。记得曾在电视连续剧《学校 2015》中看到过一句话：以暴制暴，是弱者的行为。但我即使不“以暴制暴”，也是一个不折不扣的弱者。

我一直把这件事记在心里，想要忘掉它，它却像一条小尾巴一样黏在了我的身上。

梅子老师，我深度怀疑自己也有抑郁症了，但我不敢对我爸妈说，不敢去医院查，因为我爸妈会说“瞎说”，然后对我不闻不问。

以前我有过轻生的念头，但只是几个月有一次。现在越来越频繁了，两个月一次，一个月一次，半个月一次，一个星期一次，甚至一天就有过一次……梅子老师，我该怎么办呀……我怕我真的坚持不了了……我真的受够了语言攻击，可惜只能憋在心里，一辈子都不能发泄出来……

期待您的回信。

您的读者：黑暗的太阳

亲爱的宝贝，你好。

看完你的信，我的鼻子直发酸。你受委屈了，宝贝，来，让我抱抱你。想哭的话，咱就哭一场吧，哭完会舒服一些的。

这个春天，天气真是反常得厉害，一会儿凄风，一会儿冷雨的，有些地方还飘起了四月雪。然该绿的草，如期绿了。该开花的树，如期开花了。我看到美人樱，撑着一树一树大花朵，在雨后的天空下怒放着，绚烂了半个天空。

上帝有时会给我们设置一些障碍一些磨难呢，来考验我们的意志。当我们最终经受住了它的考验，也就能迎来人生的华美。就像春天里的这些花朵，它们哪一朵，不是从最寒冷的深冬里，不是历尽风雨摧打，一步一步走过来的？

我的中学时代，也曾是灰色的。那时，我的成绩算不得出色。这点可不及宝贝你哦，你真不简单呢，能考进强化班去。单凭这个，你就有理由高昂起你的头，信心满满呢。

那时，我的样子也算不得好看，胖胖的。同学给我取绰号，小胖墩。我没少被人取笑过。家里又贫穷得很，穿我妈给改的大人的旧裤子，骑自行车时，被撕下一个大口子，后面跟一帮男生拍手哄笑。

我现在回忆起这些往事时，是淡淡微笑着的。因为呀，我已变得足够强大，强大到再没有什么能伤害到我。磨难虽是不幸的，却能成就人。是它，让我能够憋着一口气，一门心思读书，最终通过知识拯救了自己，改变了我的人生。是的，整个中学时代，我都是在读书中度过的，根本没有心思在乎他人的目光和嘲讽。我在自己的世界里春暖花开着。

宝贝，忘掉那些不快吧，它们是丑陋的，会污染了你的心灵。你且把它们想象成狗吠。当狗对你狂吠时，你是不是要与它对吠？当然不会。最明智的做法是绕过去，远离它。你有你的路好走，读你的书，赏你的花，你有你的日月星辰。

当然，如果某些人做得太过分了，直接侵害到你，你要适当反击过去。这世上根本就没有十全十美的人，那些取笑你的人，难道他们就是才貌双全，几无瑕疵？不会。首先他们无视他人的人格尊严，对他人任意辱骂和嘲笑，就显示了他们素质的低下和劣等，他们的灵魂该是多么丑陋和不干净。你大可以回敬他们一句，是的，我是胖，我是丑，这是上帝的安排。然你们的心灵，比我的外表更胖、更丑，你们的灵魂布满脓疮。

宝贝，你也不要过分压抑自己，把自己的遭遇告诉爸妈吧，他们才是你坚强的后盾。有时，也不妨告诉老师。我相信，老师会给你提供一些帮助的。还有同学，你也要主动跟他们打打招呼。你的同桌，和坐在你前后排的同学，你们日日呼吸连着呼吸，应该是很亲近的人呢。不是每个同学都是邪恶的，是不？当你愿意敞开心胸，当你面带微笑，充满自信，不卑不亢，我相信，美好会慢慢汇聚到你的身边。

宝贝，不要轻言死亡。那一点儿也不好玩，没出息得很。我们好不容易拥有的这个躯体，是用来好好爱的，而不是用来伤害的。每天早晨起床后，都对自己说一句，你好啊，我好爱你啊。是的，我们要好好爱自己。你只管走着自己的路，走着走着，也许就迎来柳暗花明。

梅子老师

停下来

梅子老师：

您好呀！

前段时间老师让我们寻找春天，我一路上拍了些花花草草，和您分享。

繁忙的高中学业，让我几乎没有时间和大自然亲密接触，然每天都会在公众号上浏览您的文章。就快要进入高三了，我的压力越来越大，如果是您，面对对未来理想大学的渴望和现实中的跌跌撞撞，会怎么释放压力呢？

期待您的回信！

您的读者：小怡

小怡，你好呀。你拍来的是垂丝海棠、西府海棠和紫荆吧。海棠花是早在先秦时代就有了的，有“国艳”之誉呢。紫荆呢，是南朝时就有了的，花朵很美，像一群着紫衣的小姑娘聚在一起。这世上，就没有一朵花不是美的。谢谢你让我分享了你的春天。

教你一个拍花的小技巧哦，镜头只对着一朵花拍。对，就一朵。你会发现，那真的很像一张笑脸哎。如果是含苞的，则挺像一颗心的，一颗憧憬满满的心。

生而为人，各有各的烦恼和压力。理想很丰满，现实却很骨感——

这是多数人都会遇到的迷惘和矛盾。又能怎么样呢？当压力山大时，我采取的方式一般是，停下来。对，停下来，完完全全放空自己。我做些“无用”的事情，画画也好，做美食也好，看电影也好，去旅游也好。或者，干脆坐到一丛花跟前，发呆去。我一天不做事，地球照样在转呢，世界没有因为我停下脚步，而发生任何改变。但我却变得精神愉悦，内心安宁，让我重新蓄满能量，又开始我的新一轮跋涉。

宝贝，你只要尽着自己的努力，向着理想靠近一些，再靠近一些。实在靠近不了，就退而求其次吧，接受已定的安排。向上的路，永远不会被封死，只要你还有一颗不甘于屈服的心。

适当地向现实妥协，不是懦弱，而是一种智慧，是为了缓口气，好让自己更好地走下去。

梅子老师

人是在不断否定自我中成长起来的

梅子老师：

您好！

您可以称呼我梦梦。

我是一名高中生。中考时我考得比较好，在市里大概排了三百多名吧。但是到了高中，我几乎用了一个学期才真正融入到高中生活中来，这时校名次已经滑到了六百多名。

我知道要努力，也知道一时的努力未必有成果，我也告诉自己，要稳住，一点一点来，可是结果却是，频频遭受打击。

我的英语是九科当中最好的，一般都保持在130分以上，这次期中考试却才考了119分。我真的很久没有看过以“11”开头的分数了。三门主科里，我的语文最差，刚过及格线。

我想继续努力，又怕方向是错的。就像做数学压轴题，明明按照思路写下去就是对的，但那一步却久久下不了，觉得下面没有路了。

一直排在班级倒十名可不行啊。新的高考改革方案出来了，我选了纯理科。我在的这个班，不仅理科好，文科也是一流的，就我一个理科不是很好、文科也一塌糊涂的学生混在里面。

其实我也明白这样一句话：“即使绝望也不要否定自己，你还有时间，你还可以努力，你还可以学到很多东西。”但是我没有办法不否定自己，没有办法不自卑啊。求您指条明路好吗？谢谢您。

您的读者：梦梦

梦梦，你好。

非常理解你的焦虑和困惑，付出足够多的努力，收获却甚微。这事摊谁身上，谁都会心理不平衡的。

那怎么办呢？我也想不出好的办法来，除了你继续走下去。倘若你停滞不前，你就真的没有希望了。

我也曾经历过高考。我们当年的高考，也分文理科。我读的是文科。英语不是一般的差，而是非常的差。数学也是勉强学着。要说打击，我简直天天在受着打击，一上英语课，我就如同听天书。但还是硬着头皮学呀。我每天鼓励自己的是，我背一个单词，总比一个不背的要好。我做一道数学题，总比一道不做的要好。人家迈一大步，我就走一小步。我可以把步子走得紧密一些，尽量赶上人家的一大步。

是的，我就是这么走过来的。别人花一分钟走完一步，我花上两分钟甚至更多的时间。我把自己最不擅长的学习难点，一一列出来，像蚂蚁啃骨头似的，一点一点消化它们。有沮丧吗？有。我也会痛哭，也会迷惘，但我不允许自己长时间陷在其中。路总得继续，所以，眼泪擦干后，我又埋头走路。即便后来没有考上向往中的本科新闻系，我也对自己没有抱怨。努力过了，就无悔了。

梦梦，人是在不断否定自我中成长起来的。有否定是好事，这样才能看清自己，找到自己的不足。但是，千万不能过分自卑。你有什么可自卑的呢？这世上，谁都不是全能的。你在这方面薄弱些，那一方面就未必了。比如，你的英语就很好，119分也不错了呢。何况你实际水平要远远高于它。你只要巩固它稳住它就好了。其他学科，你做好均衡，给自己制订个周密的学习计划，有步骤有目标地一一完成。结果如何，就不必去想了。管它呢！

希望你开心起来。常常开心的人，运气都不会差哦。

梅子老师

今晚天上有个月亮

梅子老师：

您好！

希望这么晚没有打扰到您。

在我读到“人生最大的资本还是自己”时，我也真正去想过。但我发现，自己内心的杂草太多了，多到我不知道怎么拔掉它们。

我交过一个朋友，但她和我并不是一类人。我们说话总不能说到一块去，听她说话，我会失望，甚至心烦。我不想和她一起，然却不知道怎么去说。难道我连一个知心的朋友都找不到吗？我真的不知道。

我也喜欢过一个男生。我给他写信，当然只是匿名邮件，但他猜测到是我，却没有直接找我，而是告诉他身边的人，让他身边的人来问我，结果弄得全班都知道了。我很生气，告诉自己不要再喜欢他，可是从初一，到现在的初二，我还是喜欢他。我以为自己放下了，却没有。我不敢告诉他，表面上是风轻云淡的样子，心里却总想着这件事。我知道这样不好，但只能一直压抑着。

我现在也找不到当初那拼尽全力读书的动力了，那时候我的心里全是学习，但现在不知道为什么，根本找不到那种劲儿。而一切却不等人，也快中考了。

抱歉这么晚给您发邮件。晚安。

您的读者：新新

新新，你好。

今晚天上有个不错的月亮，像一瓣白牡丹，莹润轻灵地荡在天上。不知你看到没有。

咦，让自己那么烦恼着干吗呀？有空烦恼，还不如抬头看看月亮呢。每一晚的月亮，都是今生唯一的一个，错过了，也就永不再来了。

正如你美好的少年时光，比稀有金属还要珍贵，你用它来烦恼，着实可惜。

没有知心朋友？好吧，那就没有吧。古人都说了，千金易得，知音难求。我们每个人都各有其个性，各有其独特的情绪和心理，谁真正能与谁气息完全一致呢？别人不合你的意，你也未必合别人的意呀，何必苛求。倘若遇到合得来的朋友，那是幸运，珍惜就是。倘若遇不到，那也不失望，自己做自己最好的朋友、知音，爱自己。

喜欢一个男生？恭喜你宝贝。这世上，再也没有什么情感，比得上少年的喜欢了。那是露珠般的、初雪般的。请好好护着你心中的这份情感，不要破坏它。你的“表白”，在一定程度上是破坏哦。还是让它在你的心中悄悄生长着吧，你用更加的“努力”和“优秀”，作为最好的琼浆来浇灌它。等有一天，它真正地抽枝长叶，开出花来，那时候，你也长大了。我想，你的优秀，足以吸引到更好的“蝴蝶”飞过来。

学习嘛，允许自己有低潮期。谁也不能一直亢奋着昂扬着的是不是？但这个低潮期不能过久，你要提醒自己，该爬起来用功了。

好了，亲爱的，跟窗外的月亮道声“晚安”吧。明天早起，又是新的一天。

梅子老师

拥有自己的铠甲

梅子老师：

您好！

从前读您的文章时，我还是一个懵懵懂懂的小女孩；现在，我是一个刚刚实习一个月的初中老师。从前，作为学生，当我有疑问时，您的文字总会给我温暖，给我鼓励；现在，作为老师，当我的学生遇到困惑时，我却手足无措，我想请您给我一些帮助。

以下摘自一个即将升入初三的男孩的信：

“一年后，我也不知道自己能干什么。如果可以上高中就上，上不了就算了，我自己对上高中也没有太大的期望了。我本想去当兵，如果当不了就出去打工吧。在学习上，我也管不住自己，一上课就想睡觉，因为什么也听不懂，所以也没心思学习。我觉得自己什么都做不好。”

早上进办公室的时候，写有这段话的本子就悄悄地放在我的桌子上。我不知道该怎么去帮助这样一个少年，不知道该用什么样的回信去重拾他对生活、对未来的信心。我也不想辜负他对我的信任。

这段时间通过我对他的观察和了解，我知道他是一个爱看书、乐于助人的男孩。我希望能给他一些帮助，让他能够看到生活的美好，看到自己的美好。

亲爱的梅子老师，请您告诉我该怎么做呢？

祝您一切都好。

您的读者：含羞草

亲爱的好姑娘，你让我想到一句歌词：长大后，我就成了你。

恭喜你成了老师，从此后，你的言行举止知识涵养，将会影响到无数的孩子，你将有桃李遍天下，这是件多么幸福的事。

你很善良。我为做你的学生和即将做你的学生的那些孩子，感到幸运，他们遇上善良的老师，就如同遇到了灯塔、花朵、雨露、阳光和星辰。一个好老师的品质的芳香，会浸染孩子们一辈子的。好姑娘，愿你永远心怀善良和美好，愿你的眼睛，永远晶莹。

你提到的这个孩子，是个有上进心的孩子呢，只是他一时找不到自己的路了。也许从前落下的课程太多了，导致他现在上课听不懂，越听不懂，就越失去信心，在学习这条路上，就越走得艰难。

他能给你写这封信，说明他很信任你，他不想如此沉沦下去，却又茫然着，没有一点儿自信。

对一个人来说，最糟糕的事情，莫过于自己不相信自己了。你要帮他找回的，是自信。

首先，你要帮他理清一下他的现状，找到他身上“闪亮的地方”，让他能够认识到自己并不是一无是处。他不是爱读书吗？他不是乐于助人吗？这说明他的智商情商都不低，差的就是行动起来。

那么，鼓励他着手行动起来吧。这个时代，给真正拥有知识的人，提供的机会实在太多太多了。只要肯学习，什么时候都不晚。何况，他还这么小。告诉他，一切都可以从头再来。落下的课程多？不要紧，能补多少，就补多少。要做到上课努力听讲，实在听不了的，咱就记下来，课后去补，追根求源，总能找到解决的办法的。哪怕一天只弄懂一道题，也好过浑浑噩噩。不荒废时间——这是人生的好态度。

也要教会他，学会自己给自己鼓掌。当他解决了一个学习上的难题，或是读完一本书，就奖励自己一些掌声吧。一个自信满满的人，会让人生越来越顺利。而一个整天垂头丧气的人，好运不会光顾他的。

让他少去想一年后的事，一年后的事，留给时间去解决吧。他要想的是，当下的事。当下的每一天，他都有自己的读书计划，并努力去完成它，每天进步一点点。即便一年后，他未能考上高中，又有什么关系呢？只要他还能坚持读书学习，无论是去当兵，还是去打工，他都能让寻常的日子，散发出不一样的光芒。那个在《中国诗词大会》的舞台上，一举夺冠的雷海为，本来也是个打工的，最终，人家凭借满肚子的诗词，逆袭成全职老师。

这世上，就没有白读过的书。曾经读过的那些书，终将一点一点累积起来，成为他的铠甲，笑迎生活的挑战。

梅子老师

把属于我们的每一步，
踏踏实实走好了，
让每一步都能走出自己的风景。

第四辑

脚下生莲

你不是月亮

梅子老师：

您好。

好久前就想给您写信了。现在是暑假，想跟您说说我的烦恼。其实……也算不上吧，只是当困难来临时我觉得特别崩溃，但事情过去之后，这种感觉又没那么强烈了（挺奇怪……）。

我叫小宗，十三岁，初一。

我是一个平凡得不能再平凡的女生，出生在一个不起眼的地方——贵州遵义。六年级毕业后，爸妈准备送我去重庆读书，因为重庆的教育比贵州至少领先十年。说实话，对于这点，我挺佩服爸妈的，如果把这件事情放在其他家庭里，恐怕没几个家长会这样做，因为经济方面、年龄方面、成绩的要求……

上个学期，我考上了重庆市某重点中学。我的英语和语文成绩都是拔尖的（哈哈，作文还在校刊上发表过好几次）。我非常感谢我的语文老师，她欣赏我，让我成长，虽然只有一个学期，但我一辈子也不会忘记她。可是……我的数学成绩不太理想，数学老师认为我是贵州的学生，能力肯定和本市的同学有差异，就故意给我降低难度（当时，我在全校最好的班，而且是唯一的一个班）。

寒假时，数学老师没给我布置提升作业，理由是——怕我不会做，真是打击我自信！我当时就火了，我爸也火了，后来……我们想尽办法，说妈妈得脑瘤了，得回家（妈妈是真的生病，但医生说是先天性，没有生命危险）。虽然校长和班主任一再挽留，但是，我还是决定转学。

很庆幸，我考上了重庆市又一所重点学校。学费挺贵，一年八万。那里的学生都是一些富二代，但成绩却好得出奇。经过选拔，只留下一百多人，全年级共七个班，每班二十几个人。这里的老师随和，同学大方，很容易融入，我很快爱上了这个地方。但，我的数学又滑下去了，期末考试的成绩非常差。我爸妈着急，我也着急啊，虽说是在重庆读书，很多人羡慕，可真本事是重要的呀。我也很迷茫，不知道怎么办。我妈甚至决定让我回老家上学。可我真的舍不得这里……所以，我妈还在犹豫。

我也内疚，毕竟，我家并不富裕。自从我转学后，我爸妈决定开个诊所。我爸是实力派，在单位上班时，好多病人都点名让他看病。经过他们的努力，勉强能维持我的学费和全家人的生活。他们那么努力而我却……唉，我也不知道怎么办……

丁老师，我是通过语文考试的阅读题认识您的，后来，老师给我推荐您的书，我一下子就迷上了。您所有的书，我每本都看了不下五遍。现在的语文老师是班主任，喜欢拿综合成绩来对比，综合成绩好的同学，他就重点对待；成绩一般的，就一般对待吧，不那么认真。所以，我的作文他也不那么看好，或许他根本没有认真看过吧……可每次大考我的作文都是第一，他却以为我是抄的。因为，在他看来，我平时并没那么出色。

就这样吧，我也是您的粉丝，想认识一下您。顺便，倾诉一下。

谢谢。

您的小读者：小智

小宝贝你好，读完你这封长信，我很感慨。

我想起我的十三岁，那时我在乡下一所初级中学读书，除了上课能好好地坐在教室里，别的时间就是疯玩。春天下河捉蝌蚪，夏天上树捉知了，秋天到处去采野果子吃，冬天呢，几个同学一起玩冰也能玩上大半天。也不曾想过明天的事，也不曾计划过未来，只懵懂得如乡野里的一棵植物，到该打花苞苞时，就打花苞苞。到该开花时，就开花。那时，四野的风是绿的，天空也高。

你的十三岁，却在无尽的焦虑和辗转中。你怕是好久不曾看过天空的样子吧，好久没有听听鸟叫的声音吧，好久没有看看一朵花，是怎么慢慢开放的吧。是的，你很用功很努力，你目标明确，志向远大，你很能体谅父母，知道疼惜他们。这样的一个你，懂事成熟得让我怜惜。

从遵义，到重庆，你迈出了人生中的一大步。在那里，你进了学校最好的班，遇到了欣赏你的语文老师——这本是多么幸运多么值得珍惜的事，却因为数学老师没给你布置提升作业，你火了，不顾校长和班主任的一再挽留，转学走了。

你进入到一个新的学校。你的运气不错，这里老师随和，同学优秀，你很快就爱上了这个地方。却因为班主任对你不够欣赏，因为期末考试数学没考好，你心理不平衡了，你又焦虑到近乎崩溃，迷茫得很了。

宝贝，我真替你担心，倘若你这次真回遵义去，你就能保证所有的人，都会把你捧在掌心里？要是有谁再对你“冷淡”和“忽视”呢，你怎么办，难不成又要再次转学？

你在第一所学校遇到的那个数学老师，我相信，他不是成心瞧不起你。他给你降低难度，不给你布置提升作业，也是因材施教吧。你也说你的数学成绩不太理想，老师也许是出于好心，想照顾你。你不想被照顾，可以跟老师好好沟通呀，我想他不会固执己见，他当然希望他教的学生都能表现突出。

你现在遇到的事情，也是很不值得生气的。你说班主任不重视你，不看好你的作文，你大考作文第一，他认为你是抄的。我想问问，是老师亲口对你说的，还是你私下里猜测的？倘若是老师亲口说的，那请老师当场出题，你现场写一篇作文给他看，证明一下自己的实力。

好，就算你的老师他不欣赏你，那又怎样？你如何学习如何生活，自主权是掌握在你的手里，你只要踏踏实实走好你的路就好了。

宝贝，你不是月亮，不可能让所有的星星都围着你转。在你成长的路上，不可能都是平坦顺遂事事如愿的，有时难免会碰到一些坑坑洼洼。这个时候，你要做的，是想办法解决，而不是抱怨和回避。也许那些坑那些洼，只是个小小的浅浅的坑和洼而已，你稍稍抬一抬脚，也就跨过去了。

宝贝，我建议你，在你感到焦虑迷茫的时候，去关注一朵花吧，去听听风吹过叶子的声音吧，去看看夜晚天上的星星吧。大自然的心胸，疏朗开阔，既接纳白天，也接纳黑夜。好多的事情，远非你想象的那么糟糕。

祝你暑假开心！

梅子老师

护住今天这朵花

梅子老师：

您好。

看到梅子信箱，很开心。梅子老师，我是个十五岁的女孩子，今年上高一。

我的理科成绩虽然初中时就不是很好，但是并没影响到中考，很幸运地，我仍然上了很好的高中。可是呀，上了高中之后，理科越来越难，大家程度都差不多，中考时班级里的第一名和第五十五名只差了2.5分，我很担心自己就算很努力地在学，也不会有太好的收获。

您是过来人，您也曾经历过孩子高中的成长，可否给我一些建议？我该以怎样的心态面对高中生活？

您的读者：星空下的女孩

宝贝，祝贺你成为高中生哦。

对你来说，校园是崭新的，花草是崭新的，天空是崭新的，连空气也是崭新的。

先享受一下这个崭新哎，然后笑眯眯地，打开课本，精神饱满地迎接每堂课的到来。

怀揣着今天的花朵，担心着明天的凋落，这是不是很傻呢？何况，明天的花朵未必就凋落了，也许还在盛开，也许就结出一个大大的果实来。

你要做的，是尽力护住今天这朵花，给它浇水，给它施肥，给它捉虫子……一句话，明天的事，留着明天去想吧。

理科再难，它也是一个石级一个石级垒上去的。倘若你从第一个石级起，就做到稳稳地落脚，那么，攀爬到顶点，也不是没有可能。也许，由于体力较弱，你攀爬的速度比较慢，再努力，也不能到达预想中的高度。但那是由不得你的意志决定的，你又何必为此烦恼？每个人的体能都有其一定的承受度，做到尽心尽力不辜负，就是大收获了。

是的，你只要过好当下就是了，把当下的事情做好，认真对待每一堂课，认真完成每一次作业，认真弄懂遇到的每一个难题。如此一步一踏实，你必将度过一段充实而无悔的高中生活。

人生最大的收获，就是充实和无悔。

梅子老师

山外有山

梅子老师：

您好。

不管我怎么努力，都不能做到最好。

我也不擅长才艺，不敢真正地展现自己，每次学校一有活动，我都会很胆怯，怕自己会出岔子。我该怎么办？

您的小读者：小蜗牛

宝贝，我给你讲一个我初中同学的故事。

那是个男同学，圆脸，大眼，皮肤黝黑黝黑的。倦怠的春日午后，老师让我们玩击鼓传花的游戏，鼓声停，“花”落在谁的跟前，谁就要唱一首歌。那日，“花”落在这个男生的跟前，全班同学哄笑。因为，这个男生五音不全，唱不了歌。

我们以为他会拒绝和难堪，但他没有，而是大大方方站起来，笑着说，你们都知道我不会唱歌的，但我会竭力唱的，里面的歌词我肯定一句也不会记错。说完，他真的认真地唱了起来。

教室里一下子安静下来，安静得连针掉地上也听得见。整个演唱过程中，他不断跑调，不断唱走了音，最后，几乎是念着歌词，把歌唱下来……

他唱完后，教室里响起了经久的掌声，把窗外的鸟都震飞了。

过去这么多年，这会儿，我想起这个同学来，很是有些敬佩他正视自身不足的勇气。这样的人，经历再多的磨难，也不能被压垮。我的这个同学，现在已是个小有名气的企业家。

知道吗宝贝，这世上的每一个人，都不是完美的，都有这样或那样的短板和缺陷。正因这样的不完美，才构成我们五光十色的人生。就像你，不擅长才艺，那就不擅长呗，这又有什么值得胆怯的呢？你可以找出你擅长的东西，加以发挥，也可以重新学习，培养出另外的特长来。

宝贝，不要羡慕别人拥有的，你拥有的，别人也未必有。也不要动不动就说，我要做到最好呀。什么叫“最好”？山外有山楼外有楼哎，没有谁能做到最好的。你只要能够正视自己，诚实大方，努力进取，一直一直都在进步中，就很好很好了。

梅子老师

种下一棵向日葵

梅子老师：

您好。

这次，我想请教您一些学习上的问题。

九年级以来，我的语文总是考得很差，主要是作文扣分，有两次作文竟然只得了 32 分（满分 50 分）！我的作文以前很好（特别是小学），经常被老师当作范文去读。但现在，我越来越发现，自己连一件事都叙述不清楚、不明白，更不生动。我常常觉得生活很无趣，整个初中除了学习，除了拼命，除了熬夜，没有什么事了，所以也找不到写作素材。现在，我想学习的是，如何把生活中的一些小事写得很好很仔细很生动。

可能是因为我每天都不快乐，活得很糊涂，不像个孩子，总是逼自己学习，逼自己前进，所以眼里看不到生活中的美。去年暑假里的一天，我突然发现，天空中的云彩好漂亮，这时候才意识到，自己大概很久很久都没有仰望天空了，每天生活在蓝天下，对天空却是陌生的。

我真是可悲又可怜！我也尝试着让自己停下来，或者慢一点，每天发现生活中一件好玩儿的事，但我发现做不到。我以前成绩不错，考过九次年级第二，但到了九年级，成绩就变差了，上次月考竟考了年级 27 名，现在在地区排名到了 80 名！我以前经常是县里前十啊！我不敢停，也不能停，还有 127 天就是中招考试了，我离自己的目标还很远！

我现在越来越不努力，很多事情困扰着我，阻挠着我前进。我每天都在思考着一些问题，不断反思，不断和自己对话。我也不清楚自己在想什么，真正想要什么，我变得越来越不真实。我知道，自己现在这个样子，活得糊里糊涂，作文肯定写不好，成绩也不会优异。

我很迷茫。我迷茫什么？迷茫我的未来——我该不该考郑州外国语学校？我怎么和家人接触？我怎么变得真实？我怎么活得像自己？我怎么改掉多疑多虑的毛病？我该不该遵守规则？作业写不完，我该不该先抄答案，以后有时间再补上？

我很惆怅，活得不快乐，我想得很多，朋友不理我了怎么办，我在乎的人不在乎我怎么办，我该怎么学习……生活中很多事情都让我疑惑。我也不知道自己是怎么了，可能是长大了吧，可能要去多读点书吧。

希望梅子老师可以给很糊涂很乱的我一点建议。谢谢老师了！

您的小读者：妖王

宝贝你好，我刚刚给我的长寿花拍了一些照片，今年它开得可好了，一茎上竟开出三十六朵花。我想到“簇”这个字，我的长寿花它已开成了“簇”，是“花团锦簇”里的“簇”，是“臻臻簇簇”里的“簇”，是“花攒绮簇”里的“簇”。我们的汉字，真是有意思极了，它总能准确、生动、形象地表达出我们想要表达的。写作呢，就是从一个一个文字开始，你掌握的文字越多，你对事物的描述，就会越流畅越恰到好处。

我看着这盆花簇簇的长寿花，脑子里亦相应地蹦出欧阳修的词句“今年花胜去年红”来。他在那首《浪淘沙》里，慨叹时光美好，人世聚散却总是苦匆匆。我没有那么多的感慨，我只知道，我遇见了花们这一刻的明丽，它们比旧时光里的还要明丽，这便是极大的造化，是花的造化，也是看见花的人的造化。如果我们每个人的今天，都比昨天活得更好，而明天，又将胜过今朝，那还有什么困扰于心的？人心真的很贪，什么都想拥有，结果，什么都抓不住。知足常乐，才有可能更接近幸福。

就像丫头你，已经很不简单了，在地区排名能进入八十名呢。学习是一个长跑的过程，在这个过程中，有人会超过你，有人会落后于你，这都是再正常不过的事了。只要你没有放弃奔跑，只要你怀抱热忱，你也总能很好地到达终点。未来如何，那是未来的事，你掌管的，只是你的现在，那就把你的现在经营好。少去胡思乱想，因为想了也没用，不如还自己清静简单。

我想起我考大学那会儿，每天凌晨两点起床。那时，教室门尚未开，我翻窗进去，点灯背诵历史、地理，温习功课。那会儿的日子，似乎很苦，现在回想起来，却无比地简单、幸福，心思单纯而饱满。因为自己拼命努力过吧，很对得起自己的人生了，最后虽没像我的同学那样考上重点大学，我也没什么可遗憾的。

我有一个画家朋友，如今他的事业如日中天。当年他从家乡小城，一路北上，住在北京潮湿的地下室里，整天昏暗不见天日。他在地下室的墙上，画了一扇大大的窗，又在“窗”外，画了一个大大的太阳，和一排盛开的向日葵。他告诉我，很多失意的日子，他是看着墙上的向日葵度过的。

宝贝，生活不都是鲜花铺就，也有杂草丛生。这个时候，我们不要总是纠缠于杂草，被杂草淹没，最后也沦为杂草中的一根，而是要多想想“向日葵”的事情。在你的心里，种下一棵向日葵吧，每天告诉自己，哦，我的向日葵在开着花。其他的，什么都不要想了，跟着向日葵的脚步走吧，让自己也活成一棵向日葵的模样。

梅子老师

向着光亮的地方生长

梅子老师：

你好。

我是一个平凡的中学生，曾听过你的讲座。

你讲过一个抑郁症病人的故事。他因你温暖的文字，找到了活下去的勇气和希望，有一天他告诉你，他看到漫山遍野的格桑花都开了。你说你很感动。我听了，也很感动，甚至哭了。我也不知道当时为什么会哭，只觉得有一种莫名的感情，让我不自觉地流下泪来。

也许这就是生命的奇妙吧。

但我也很苦恼，我不知道自己的方向是什么，是按照父母的意愿去好好学习，还是追求自己想做的事情？

希望梅子老师能够给我一个答案。谢谢。

你的读者：小榭

宝贝，你好啊。你能在听一场讲座时流下泪来，说明你是个很感性的人呢。

感性的人内心都很柔软。你是柔软的，这真好。

你说你不知道你的方向是什么，这没什么的。我像你这么大的时候，也没想过方向的问题。我只晓得紧跟着我的同学走，努力做到不掉队。现在回过头去看，那其实，就是我的方向。

我的脑海里，也对一棵小水杉印象深刻。那是一片水杉林中的一棵。笔直的杉树们，枝干齐刷刷地朝向天空，粗壮茂密。然其中有一棵，显得特别瘦弱，细细的枝干，似乎承受不住稍重一点儿的风。可它一样是站得笔直笔直的，努力伸向天空。当时我就想，这棵杉树，它未必明白它的方向是什么，它不知道自己会长成什么样子，是成为栋梁之材呢，还是被制作成桌子、椅子和凳子，但它知道，作为一棵树，它必须向上、向上，向着光亮的地方生长。

宝贝，你也一样。你的方向是什么，暂时不用费力去想。但你一定要清楚着，做人最基本的准则是什么，它包括善良、仁爱、坚韧、积极向上。对，你一定要向着光亮的地方去。而能够把你引到光亮处的，除了好好学习外，我不能替你想到别的法子。

宝贝，所有的梦想，都要建立在一定的基础之上。这个基础，包括你生存所需的物质，还包括相当的知识和才华。很多时候，你拥有的知识越多，你离梦想的距离就会越接近。所以，好好学习与你想做的事，并不冲突，你只有好好学习，才能获得知识，才能更好地实现你的梦想。

梅子老师

野葱花儿开

梅子老师：

您好！

我是一名中学生，刚刚出国读书不久。在国内，我算是成绩比较好的学生。到了国外，我连老师所讲的内容也听不懂，主要是因为上课要用英语，可是我的英文水平不行，只能简单地表达，无法深入理解过难的英文。幸亏这里有一些学生懂中文，我只能每次问他们上课的内容和作业。

在国内，我算是一名学生干部，帮助同学，协助老师。现在，我却像一个废物一样，帮不上老师的忙，也没有办法和外国学生相处，什么也做不了，深深觉得自己很没用。我现在真的很迷茫，我该怎么办？

您的读者：远方

宝贝，你好。

几年前，我去新疆，在草原上看到一种野葱花儿，花簇生成紫色的圆球球，好看得如同绣球花一样。我挖了几棵，千里迢迢带回，想让它们在我的花坛里开花。结果，它们只长个头，抽出瘦条条的一枝枝，却愣是没开过花。

你的境况，让我想到我花坛里的野葱花儿。它们若要蓬勃如昔明媚如初，只有两条路，一是重返它们的故土去，二是努力适应新环境，慢慢儿地与新环境握手言欢，直至完全融合到一起。

宝贝，倘若你已回不了头，那就一门心思往前走吧。英语不好，就补呗。你所处的环境，是非常适合练习口语的，到超市买东西，到饭店点餐，到景点问路，都是你练习的好机会。你也要多跟你的外国同学接触，抓住一切能够交流的机会进行交流，不要怕出错，一遍听不懂，来两遍。两遍听不懂，来三遍。多看一些纯英文的书籍和电影。你年纪小，适应力是非常强的，用不了多久，你就能在那个环境里如鱼得水了。

我朋友家的小孩，也是如你这般大时去的国外。他可怜的英语曾让他寸步难行，问个路也是磕磕巴巴的。那会儿，他天天打电话给我朋友，声音里都带着哭腔，说他耳朵里整天塞的是听不懂的外国话，还说吃不饱，整天饿着肚子。我朋友很后悔，要接孩子回来。孩子这个时候却犹豫了，说，“再等我三个月，如果三个月后我还不能适应，我就回去。”三个月后，那孩子没回来。一年后，那孩子也没回来。那孩子后来在英国读完高中，考进剑桥大学去了。

他有一次回国，我遇到，曾问他，怎么过语言关的？他轻描淡写地一笑，说，学呗，练呗。

宝贝，目前最适用于你的办法，不是哀叹和迷惘，而是学呗，练呗。

希望你能成为一朵盛开的野葱花儿。

祝你好运！

梅子老师

愿你成为自己的英雄

梅子老师：

您好！

我是一名高二新生，面对繁重的作业和寄予期望的父母，我的内心其实并没有那样的自然和快乐，只是在他们面前，我装着罢了。

有时候，我觉得自己很没用，和别人比起来，真的差很多。我伤心，为什么自己付出了那么多努力，却永远也得不到预期的结果，我怀疑自己……

阳光依旧在照着，我的心依旧在慢行。

我承认自己贪玩，面对手机或者其他的诱惑，我控制不住自己。可我该怎么办？

学习越来越紧张，我也想变优秀，也想闪耀，也想改变。

愿得到您的回复。

您忠实的读者：晓龙

晓龙你好啊，“优秀”和“闪耀”，不是想出来的，也不是愁出来的，而是努力出来的。

你其实，早已找到自己问题的症结——“贪玩”，面对诱惑“控制不住自己”。

当别人都在奋力向前奔跑的时候，你却站在原地，沉溺于玩耍中，事后却徒劳哀叹。结果，你与他人的差距，只会越来越大。

幸好你还有醒悟，还有清醒，说明你还有一颗积极向上的心。那么剩下的事情就变得简单多了，就是努力克服自己的惰性、玩性，一点一点，朝着你所说的“优秀”和“闪耀”前行，做一个真正能开怀大笑的人。

我给你开的“药方子”是：

一、离开你的手机，用做别的事来充实你的时间。从离开半天，到一天，到两天，到三天，到一个星期，慢慢儿地，远离它的诱惑。渐渐地，你对它的依赖性就小了。

当然，也不是完全隔绝，如果用它来查阅资料，阅读一些好的文章，用它来听听音乐，也是可以的。但千万不能再沉迷于和学习无关、对自身无益的事情上去。你应该让它为你所用，而不是被它操纵，吞食你的光阴、你的青春。

二、远离“其他的诱惑”。当又一个诱惑来临时，你坚决地对自己说，不。等你经过了这个诱惑的考验，回过头去，你会感到，原来抵制诱惑，也不是想象中的那么难。你会很有成就感的。

三、每天早上醒来，给自己制订一个小目标。比如，今天背多少课文，今天做多少习题，今天写多少文字。到晚上，一一对照，看看完成了多少。倘若全部完成了，你就会感到，这一天过得好充实啊。

人天生都有惰性。我们的人生，往往不是输给别人，而是输给自己的惰性。

好孩子，愿你能战胜你的惰性，成为自己的英雄。愿你的生命里，永远充满希望和期待。

梅子老师

人生的必读课

梅子老师：

您好！

初中起就很喜欢您的书，现在的我已经上高一，可能是刚开学的缘故吧，总是会不适应。

爸爸曾在我上初中时答应我，如果我考上我们这里最好的高中，他就接送我，无论刮风下雨。这所学校离我家很近很近，中考完，我的成绩也够得上，但是，他怕我因为成绩靠后跟不上，就让我去了另一所学校。去那所学校就要住校，我心里是极不愿意的。明明他说会接送我，可是现在却为了省事就让我住校。我无法理解他为什么要这样。

我知道他每天工作很辛苦，有时候我也不想和他们吵，和他们生气。上个星期回家，我和妈妈抱怨了一路，当时自己在气头上，所以说的话很冲，其实后来我很内疚。这个星期回家，我本想好好和他们说的，可是无论我怎么说，他们就是不同意我不住校（住校要一个月才能回家一次）。我又不是住在乡下，我觉得没有必要住校。

今天妈妈又为这事说我，话说得很冲，我没有和她吵，只是承受着，我哭得很难受。我也不想让他们烦心，只不过是想把我的真实想法说出来而已，我有错吗？明明说好的承诺，为什么不兑现？梅子老师，您说我该怎么办？

您的读者：水妖

姑娘，你好。再小的鸟，也总是要长大的，也总要自己去觅食。终有一天，要自己去搏击蓝天。

好姑娘，你现在已经是高中生了，不再是牵着爸妈衣襟走路的小女孩了。世界在你面前，将会越来越广阔，越来越缤纷。山高水远，道阻且长，都得靠你，独自一一去体味，一一去走完。

是的，爸妈曾护着你，如老鸡护小鸡。他们害怕你会受伤害，害怕你会摔倒，他们替你挡住了所有风雨，扫除了所有障碍，让你的世界，一片纯真静好。然爸妈的羽翼再丰满，也只能护得了你一时，护不了你一世。亲爱的好姑娘，独立是人生的必读课，你不亲自读完这一课，又如何长大？

住校有什么不妥和不好的呢？比较于其他孩子，你又有什么特别的地方呢？其他孩子能做到的，你为什么不能？这是多么自然而然能做到的事，在你，却是百般委屈，且拿了这个去跟爸妈较劲。好姑娘，你是不是显得有些幼稚了？

在集体环境里生活，是相当棒的一件事。大家一同起床，一同吃饭，一同学习，一同顶着星星回宿舍，临睡前，一起八卦，相互交流着一些小秘密——这些，都是你的青春最绚丽的色彩，日后都将成为你最珍贵的回忆。

好姑娘，不要太惯着自己，太惯自己了只会使自己变得越来越脆弱。只有经过日晒雨淋的植物，才能生长得更茂盛。同样的道理，经过繁复的生活百般锤炼的人，才能越来越结实，也才能在将来的日子里，经得起风，扛得起浪。

好姑娘，愿你有个美好的未来。

梅子老师

努力的人生，时时会有光亮划过

梅子老师：

您好。

我今年十八岁，是名高三的学生，因为看了您的书，喜欢上了您的文字。

我今年是要考大学的，但考学压力很大，因为我是名职高（职业高中）的学生。普高（普通高中）尚且压力大，何况职高呢？但我没有办法，为了爸妈的期待，为了自己未来的前途，我只有选择前行。

但是我有弱科——数学，我不知道怎样去弥补它。现在只要一想到自己将来可能因为数学考不上大学，我就会很慌张，但我也知道现在只能努力弥补。因为是职高，学习氛围相对较差，为了学习，我把自己完全封闭，告诉自己不能玩，玩了就全完了，但我想要朋友。我性格内向，如果将来成绩上不去就太崩溃了。

好了，我说的就是这些，我也不知道自己在迷惘什么，就是感觉整天浑浑噩噩的。

您的读者：千里冰封

宝贝，你好，我想跟你说说一只瓢虫。

这只瓢虫是从哪里来的呢？我不知道。我发现它时，它正在我的窗台上左冲右突，样子显得既笨拙，又天真。它许是因我打开了窗户，被我室内的海棠花媚惑了，一头撞进来。又许是跟着我新买的吊兰进来的。等它发现它只能囿于一室时，它不甘了，它的梦想，是在外面广阔的天地间。

我故意把所有的门窗关紧，我想试试，一只瓢虫，它怎么解救自己。

这只瓢虫，它很清楚自己的处境，它不时撞上窗玻璃，撞上墙壁，发出轻微的剥剥之声，而后重重地摔落下来。但它还是一刻不停留地，爬呀爬，飞呀飞，锲而不舍。

晌午我去看，它在奋斗。下午我去看，它还在奋斗。晚上我再去看，它不见了。小屋的门窗还是紧闭着，我到处找，也没找着。后来，我发现墙上装空调的地方，留有一丝缝隙，它应该是从那里，回到了它的广阔天地里去了。

宝贝，你现在，也是被囿于一个小天地的瓢虫呢，你渴望“外面的广阔天地”，想要冲出去，但你又极度自卑着，为自己找着种种借口逃避。只是这世上，哪有那么多落地的桃子等着你去捡？要吃桃子，须得自己上树去摘。要飞往更高的天空，你得自己学会飞翔才行。且要有坚定的信念、持之以恒的精神。

我跟你提到的这只瓢虫，假使它认命了，不再做任何努力，只浑浑噩噩地消磨着时光，那么，它再也不可能见到高远的天和广阔的地了，它只能困死于一室之中。

宝贝，不要再给自己找任何理由让自己懈怠，好年华是经不起浪费的，过着过着，也就没了。所以，在任何时候任何情况下，你都不要轻易向命运妥协。哪怕只有一线希望，咱也要努力争取。向命运妥协的结局只有一个，那就是，等着束手就擒，被时光的风沙埋没。而努力的人生，时时会有光亮划过。即便你努力之后没有达到理想中的目标，但努力的过程，那些踏踏实实的日日夜夜，本身就散发出光芒。

梅子老师

理想必须有所附丽

梅子老师：

你好。

我很喜欢你的书。

我有个烦恼，想问问你，希望你能帮我解决。

我很喜欢唱歌，从知道“理想”这个词以来，我的理想就是当一名歌手。可是家人一直都不支持我，为此我还经常和父母吵架。他们把我的人生都规划好了，我不想让他们来安排我的人生。

我该怎么办？

你的读者：浅念

宝贝，我们每个人的一生，都要经历很多个阶段，从童年，到少年，到青年，到中年，到老年。每一个阶段，都有着各自的梦想。

就拿我来说吧，很小很小的时候，我曾做过裁缝梦。那是因为我们村里有个刘裁缝，她整天闷在屋子里替人做衣服，不用下地干活儿。她能把一块不起眼儿的布料，变成漂亮的衣裳，这在那时的我的眼里，简直太神奇了，我要成为她那样的人。

待我再长大一些，识字了，我喜欢上看书。却因家贫，买不起书，我便萌生出新的理想——要做一个摆书摊的人。我们老街上有个摆书摊的男人，他把他的书摊摆在一棵老槐树下，我每回到老街上去，都直奔他而去。看到槐树底下那些花花绿绿的小人书，好似一个个宝藏在发光，我就羡慕得不得了。我要成为那个男人，像他一样，拥有一个个“宝藏”，做世界上最幸福的人。

后来，我又迷上了画画，我崇拜揣着画笔四处寻找美景的人，我抱定此生非做个画家不可。我对着墙上的画描摹，我对着门口的树啊花的描摹，我对着家里的鸡鸭猪羊描摹，简直成痴。

当然这些理想，最终我都没能实现，我走上了写作的路。但我却非常感谢曾经的这些梦想，是它们伴着我成长，给我的童年和少年时光，抹上了一道道绚丽的光芒。

宝贝，人的发展有着多种可能性，你现在的理想，未必就是你将来所执着的东西——我说这话并不是要你放弃理想，相反的，是要你怀着赤诚的心去热爱着。人只有在热爱中，才会燃起生活的热情，才会让日子饱满而又充满欢喜，才会更接近幸福。

但热爱一桩事情，不是要你不管不顾，恨不得把身家性命全搭进去。不管什么样的理想，都要有所附丽有所支撑才行，否则，它只能是空想、枉想。宝贝，如果你现在还是个中学生，我倒是建议你，不妨先立足于学习，建立起一个完整的学习体系，念完高中，念完大学，好储备足够多的知识和才能，同时，使你的心智跟着日趋成熟，这是当今这个社会生存所必需的。在此基础上，再去实现你的理想。也许，在追梦的过程中，你又会喜欢上别的什么，理想因此而改变，那也是说不准的事。但你曾经拥有的这个理想，一定会在你的生命里，留下不可磨灭的光和亮。

梅子老师

能够打败你的，是你脆弱的意志

梅子老师：

你好。

我们（高二的学生）最近期中考了，但我的成绩考了有史以来最差的一次，其中最大的原因就是我玩手机太多。

我现在感觉有点儿迷茫，不知道该怎么办好，您能给我点儿建议吗？还有，我想问问您觉得我们这个时候（就快高三了），应该怎么使用手机（有时自己真的控制不了）。

你的读者：枝头渐绿

宝贝你好，我想问你个问题啊，手机对现在的你来说，是必备的，还是可有可无的？

你能对我的问题，有个明晰的清楚的回答么？

有些学校明令禁止学生带手机进校园。抱歉一下啊，我对这样的明令，竟十分十分赞同和认可。

是的是的，你会不服气，现在数码时代了嘛，卖菜的大妈、扫地的清洁工、拾荒的老人家、种地的农民，都是手机不离手的，不时地刷刷刷，给生活带来多少便捷呀。你当然也要刷刷刷。

好吧，你就刷吧。可你又刷出什么来了呢——“成绩考了有史以来最差的一次”，你迷茫了。这是不是有点儿滑稽？明明是因为你沉溺于玩手机，直接导致这样的后果，你还迷茫什么？

嗯，如果你继续玩下去，你的大学梦跟着泡汤。如果再继续玩下去，你的整个青春，也就跟着玩完了。如果再再玩下去……哦，我不敢再替你往下想了。

我的建议真的对你有用吗？如果真的有用，那好，我建议：

一、剁手。哪只手想玩手机，就剁去哪只手。

二、把手机摔了。眼不瞅见心不躁动，岂不清爽？

你愿意按我的建议去做吗？

你当然不愿意。

我其实，想告诉你的是，倘若你没有从根本上意识到沉溺于玩手机的危害，倘若你没有真正的痛定思痛，下定决心，把自己捞上“岸”，倘若你没有从内心掐断想玩手机的念头，我的任何建议对你来说，都是空谈，毫无作用。

宝贝，能够真正打败你的，不是手机，而是你脆弱的意志。

梅子老师

脚下生莲

亲爱的梅子老师：

您好！

感谢您能在百忙之中抽出时间看我的这封信。我是一名大二的学生，就读于某“211”院校。我从小就是一个非常好强的人，什么事情都努力做到最好。小学、初中、高中，我都是学校的佼佼者。但当我走进大学时，才发现自己需要学习的东西有很多。因为专业的原因，除了上课学习之外，我还要拓展其他技能，比如平面设计、视频剪辑、摄影等，出于兴趣爱好，舞蹈零基础的我还参加了学校的艺术团。在学习和参加社团活动之余，我还要备战各种各样的竞赛和考试。

每天我都计算着一分一秒，生怕时光从我的身边白白溜走。常听长辈们教育说：“社会需要全面发展的人才，多学一项技能就多了一条谋生的出路。”也看到一些人说：“大学四年就是要尽可能做那些能为你的简历增光添彩的事情，这样你才能在众多求职者中脱颖而出。”

也许是长期的心理压力，很不幸在今年的暑假，我被诊断出慢性肾炎，被迫休学一年，在家调养身体。我开始思考自己真正喜欢什么，阅读和写作让我的心暂时沉淀下来，可是待我明年去了学校，又要面对同样的问题：我想让自己成为更优秀的人，可是成为一个优秀的人就必须要学习很多东西，而且要有拿得出手的成果。

请问您，大学四年我应该怎样做才能让自己变得更好，过上自己想要的生活，让父母不再为我的事情操心呢？

您的读者：淡露荷香

我且叫你荷香吧。

亲爱的荷香，你好。

你的身体恢复得怎么样了？但愿一切都好。

我曾因病住过一段时间医院，在那里，见到了形形色色的病人，他们的愿望，简单到只要能安稳地睡上一觉，只要能吃得下一碗饭，就是天大的幸福。我们平常人轻而易举能做到的事，在他们，比登天还难。如果能交换，他们愿意拿出他们的所有，来换取的东西只有一样，那就是健康。

这世上，真的没有比健康更重要的东西了。我们努力向前奔跑本没有错，谁不曾有过雄心和壮志呢？但前提是，要在保证健康的基础上。当健康没了，还谈什么抱负，还谈什么明天？

村上春树曾说过，肉体是每个人的神殿。想想，真是不无道理。我们每个人都拥有这座神殿，对待它的态度和方式，直接决定了我们的幸福指数的高低。敬重它，珍惜它，好好供养它，会让它巍峨耸立气宇轩昂，能盛得下我们所有梦想。反之，轻视它，随意消费它，随意糟蹋它，只会让它很快颓败下去，成一堆破砖烂瓦，让我们所有的追求，在一夕间瓦解。

荷香，世界太大了，好的风景太多了，我们根本不能一一览尽，只能尽自己的心，多走几步路。佛说，脚下生莲。我真是喜欢这种生命的态度。我们不可能到达世界每一个角落，这也没有什么可遗憾的，我们只要把属于我们的每一步，踏踏实实走好了，让每一步都能走出自己的风景。

荷香，我们的手掌只有杯口那么大，能握住的东西实在有限，那又何苦贪恋太多，让自己陷入崩溃得不偿失？你现在什么都想学习，什么领域都想涉足，貌似你的知识储备多多。事实上，你对什么领域都不精通，只能是蜻蜓点水，涉及一点儿皮毛而已。这样的你不会变得优秀，只会沦入平庸和一事无成中。

社会需要的人才，不是上知天文下通地理的，而是实实在在在某一领域某一方面有所专长的、游刃有余的。如果你是打铁的，你能够打造出比别人更锋利的刀，你就是优秀的；如果你是裁剪衣服的，你能够裁剪出比别人更多花样的衣服，你就是优秀的；如果你是种地的，同样的土地，你能够收获到比别人更多的粮食，你就是优秀的；如果你是画画的，你能画出让人愉悦让人深思的画作，你就是优秀的……优秀的人不是全能，他们都是有着明确目标的人。要搞科研，他们就往科研的路上奋斗。要实现企业家的梦，他们就往商业上靠拢。要出国留学，他们就苦练一口流利的外语。

荷香，人生是丰富的，我们可以培养广泛的兴趣爱好，但更要有立足的根本。这个根本，就是能够找出一两桩事，作为供养你生命的支撑。面对万花筒般的大千世界，我们要有所选择，有所放弃，才能更好地拥有。倘若我们一生能做好一两桩事，就很了不起了。

梅子老师

一路前行，总好过坐以待毙

梅子老师：

您好。

我是您的一个读者，特别喜欢您写的文字，一种无法用语言形容的美，就像是用世界上所有美好的东西煮出来的文字，让人不禁想咬一口。

我是一名高一的学生，因为小时候生过病，休了学。到现在为止，我上学的所有时间加起来也仅仅三年多；小学读过一年，初中读了两年，跳过级，导致我的成绩现在很不理想。我也很努力很努力地学习，可还是在班里排倒数第一，这次期中考试还是不太理想……我真的不知道怎么办才好。

但是我特别欣慰的一点，就是这次的作文分数是班里第一名，上次月考是倒数第一，就因为短短的一个月内我读了一些您的文章。虽然读得不多，但是我真的用了心去读，谢谢您，让我的作文有了这么大的提升。

作为一个山东学生，所有的时间被老师安排得满满的，只有课间才能读一点儿课外书。可是，我现在在学校根本听不进去课，心里特别乱，我自己很清楚，如果这样下去只会越来越差。梅子老师，我该怎么办？

您的读者：雪儿

亲爱的雪儿，好是心疼你，你怎么就这么懂事这么要强呢！

因身体缘故，你长期休学，中间脱节的那部分，全靠你自己一一填补，这实在太了不起了！好姑娘，你知道自己已经很棒很棒了么？虽说你现在在班上排名倒数第一，但你委实不比排列在前的那些孩子差。

你说你现在听不进去课。我想，一定是那些课太无趣了吧。咱就努力让它变得有趣起来好吗？嗯，努力张开你的耳朵，能听进去多少，就听进去多少。听不明白的，咱就想象，它是鸟叫。我们能听明白多少鸟语呢？

——当然，这是说笑了。不过，你大可以这么想象一下：每一堂课，都有着属于它的鸟语花香。实在听不懂，咱就享受下也不错啊，也许听着听着，就入了耳入了心呢。

亲爱的小雪，因为你迟走了几步，跟不上别人的节奏，这不是你的错。不要埋怨自己，不要用“差”字来定义自己。你脚下又没装着风火轮，你胁下又没生出双翼，你也只是个平常人，靠双腿一步一步来走路。那咱就按着自己的节奏来走路吧，一步，一步，尽自己的力，读书，听课，考试。过分的忧虑，改变不了什么，那还不如让自己心神安定，坚定地走自己的路。无论如何，一路前行，总好过坐以待毙。

你的作文写得好，我真为你高兴。好姑娘，那就继续把书读下去吧，把文字写下去吧，说不定写着写着，你就开辟出一块属于自己的新天地。

梅子老师

你将白衣胜雪

梅子老师：

您好。

看了您的文章，我犹豫了半天才写下这些话。

我的父母在六年前离婚了，我当时感觉天都塌了。从那时起，我变了，变得沉默寡言，脸上的笑也少了，我心里永远都有一个坎儿。

也许是怕我伤心，身边人从来不和我谈论这个话题，我爷爷也不许我去看妈妈。妈妈现在又嫁人了，生了一对儿女，她的新家离我家挺近的，大约三十分钟就可以到，但我一次也没去过。每次谈论这个话题，爷爷脸色都特别不好，我不懂他为什么不让我去，她是我妈啊，凭什么！每次特别想妈妈时，我只有给我姨打电话，以此作为一个媒介吧。我不敢给我妈打电话，担心我控制不住自己哭了被她发现，让她担心。

我现在已经十六岁了，但我会独自一人哭泣。我该怎么办？

您的读者：迷途的羔羊

宝贝，咱不哭，咱是大姑娘了，泪水金贵着呢。

爸妈离婚，对爸妈而言，肯定也是无可奈何的事情，与其两个人痛苦地生活在一起，还不如分开。你就不要为大人之间的事，而伤神了。这样的分开，对他们来说，或许都是好事。现在你妈不是重新嫁人，又生了一对儿女么？她开始了她的新生活，替她高兴吧，宝贝。

你不敢给妈妈打电话，怕控制不住哭了会让妈妈担心——你是多么体贴多么善良的一个孩子啊。既如此，咱就不要哭了好吗，高高兴兴地和妈妈说话。听听妈妈的声音，也是好的，不要丢掉这样的机会。

实在太想妈妈了，你也可以给妈妈写信，写下你的思念。嗯，文字是可以疗伤的，你写着写着，孤独的情绪就会得到舒缓了。等将来，你捧着这一叠“思念”，你会感谢这段时光的，这份纯粹的想念，纯粹的等待，它是人世间最真的情最深的爱。

这期间，你也要努力让自己变得更好。

是的宝贝，你要变得更好。心里的那道坎儿，你要自己越过去，往昔再多的不幸再多的哭泣，都已成为过去。人是要向前看往前走的，妈妈有了新生活，你也有你的新生活，你会长大成人，你将白衣胜雪，青春昂扬，拥有你的新天地。

想想吧，当有一天，你往妈妈跟前一站，从前的小丫头，已长成健康活泼的大姑娘了，明媚又阳光。你妈妈见了，她将是多么欣慰。在没有她的陪护下，你也能成长得这么好，她一定会为拥有你这个女儿，而倍感骄傲的。

这么一想，宝贝，咱还要哭吗？对，不哭了，咱要把哭泣的时间省下来，多读两行书。妈妈好好地在那儿等着你呢，总有一天，你们会相聚。而那一天，并不遥远。

梅子老师

打开心门

梅子老师：

您好！

最近我的家里出现了一些问题，因为哥哥，我妈最近很焦虑。

他原来是当兵的，退伍后，出来工作，住在家里。一开始他是篮球教练，早上七点钟起床，然后就在卫生间里待着，由最初的十分钟，变成了三十分钟，后来变成一小时。出来后，三五分钟在厨房，面对着窗户背对着我妈解决完早饭就出门，此间一句话没有和我妈讲过。晚上十点钟回来。总之是早出晚归。

我妈和他谈过，问他为什么早出晚归，他说是工作原因，再细问便不回答。他认为是我妈逼他成功，给他施加压力。总之，他的生活从不告诉我们，发生了什么我们都不知道。

再后来，因为薪水低，他辞掉了这份工作。我妈让他赶紧找工作，他都说“好”。清明节以后，他便起得越来越早，五点多就出门了，晚上将近十二点钟才回来。我妈变得越来越焦虑，她害怕我哥会不会干什么不该干的，走上不归路。

我要说的便是这么多，很抱歉耽误了您的时间，但是真的很希望梅子老师能给些建议，该怎样处理。

谢谢梅子老师！

您忠实的读者：蜡染

亲爱的，从你的描述中，我大体勾勒出这样一个青年的形象：他孤僻，沉默，行只影单，像行走在荒原里的一棵草。虽则也有家人近在咫尺，却如远隔天涯。

我想问问，这二十多年的时间里，你们对你哥了解多少？自他去当兵之后，他如何一步一步走过来的？你们知道他平时都爱做些什么，不爱做些什么，知道他都结交过哪些人吗？

他是高中毕业后就去当兵的吧？一个高中生，没有过硬的文凭，在这样一个靠文凭靠实力才能立足的时代，大学毕业生就业尚且艰难，你哥要找到一份满意的工作，谈何容易？他一定碰过不少壁，内心一定相当挣扎，一定有着徘徊无助，一定暗藏自卑。这些，你们知道吗？

你们怕是对此一无所知的吧。你们不关心这个，你们关注的，只是他的表面现象。所以，他的心门，对你们越关越紧。他在家里，得不到半点儿安慰，有的，只是抱怨和焦虑。我想，你妈没少对他抱怨过吧？家人对他的过分期许，有可能成为压在他心头的一块石头了。他急于证明给你们看，赚钱，赚多多的钱，独立出来，独当一面。可钱真的不是那么好赚的，他不停地换工作，他陷在他的困境里了。

亲爱的，能解开你哥心结的，只有你们这些家人了。你和你妈要好好合计一下，看看怎样才能打开你哥的心门。你哥在家的时候，家里的气氛千万不要搞得太沉闷，人人都一副心事重重的样子。有什么好沉闷的？家应该是最让人放松的地方。给你哥营造出温馨一点儿的家庭氛围吧，找个由头，送他一件他用得上的礼物。或是，为他做一顿丰盛的晚餐，搞一瓶小酒，一起喝喝聊聊。我想，这个时候，他的情绪会慢慢舒缓的吧。趁如此良辰美景，说出你们的心里话吧，也请他说出他遇到的困难。亲人之间，有什么话不可以说的呢？说出来，大家一起想办法解决，让你哥触摸到来自家人的温度。

是的，告诉他，你们是最爱他的人。他能不能找到一份好工作，能不能挣大钱，那些都不重要。重要的是，人要好好的，要快快乐乐的。

只要人好好的，未来便充满希望，一切都会变得好起来的。

梅子老师

血浓于水

梅子老师：

您好！

我是个高中生，进入高中后，我两周才回一次家。然每次回家，都避免不了跟妈妈吵架。

今天回家，我本来是开开心心的，可不知妈妈的脾气从哪儿来的，在我耳边絮絮叨叨个没完。我知道我已经大了不能再还嘴，便尽力去逗她开心。她笑了，笑了之后又立马变脸了，还说自己就算得了神经病，也还是我妈。随即声音又变大，说我跟弟弟还嘴了。我辩解，我说我没有。可她不讲理地说，她是我妈，我们只能听她说，不管她说得对不对，即使不对也要听着。

我真不知说什么好了。小时候她就没关心过我疼爱过我，从不满一周岁起，我就和奶奶一起生活，到我上学了，她从来没有给我开过一次家长会。记得上小学的时候，老师说不能让爷爷奶奶来开家长会，但我爸妈的理由是他们忙，最后全班就只有我，还是爷爷奶奶来。

我知道自己几斤几两，所以很努力很努力地学习。在初中的时候，我的成绩很优秀，考入了理想的高中。但高中的竞争实在太激烈了，我的成绩一下子滑了下来。我不知道内心的压力该去和谁说，该去哪里释放。每次回家，都和我妈闹得特别不痛快，一想到这，我真的好难受啊。

奶奶心疼我。她告诉我，她年龄大了，在家看到妈妈和我吵，心里也会不舒服，但又不能说什么。奶奶要我好好学习，只有我学习好了，才能远走高飞。我说我不想飞，我不想离开奶奶，说得奶奶也哭了。

也许是爸妈的感情不和，让妈妈很生气。但我真的没做错什么啊，我不知道该怎么办。

您的读者：红蕊

好姑娘你好啊，回信晚了，请见谅。

初读到你的这封信时，满世界的花事正浓，争前恐后的花们，简直要把大地给点燃了。现在，春光已渐渐散去，花团锦簇的喧腾，已被夏天的新绿初放所取代。许多在春天想不明白的事，到了夏天，也许就找到答案了。

就像我小时候，想不通我为什么要成为我妈的孩子。我真的不愿意有那样一个妈妈啊，她大字不识一个，人黑瘦黑瘦的，脾气暴，动不动就弄得家里鸡飞狗跳的。脾气一上来，就拿我们几个孩子撒气，乱打一通。若是谁惹恼了她，她能哭骂上大半夜，什么诅咒的话都说得出口。那个时候，我和我姐，是很羞于有这个妈妈的，恨不得早早逃离那个家。

是在成年后，我才慢慢懂了我妈，对她有了真正的理解和同情。在那样一个穷家里，她上有老，下有小，还有小姑子小叔子拖累着。我爸又不太精于农事，一家老小，都要凭我妈的双手，一锄一锹地在地里面扒拉出口粮来。她整天除了劳作，还是劳作，从早到晚，无有间隙。她吃饭都是风卷残云般的，惹得我们在内心鄙视。天黑了，左右邻舍都回家了，她还要赖在地里多劳作一会儿。我们并不因此感激她，反倒因要等她一起吃饭，而生出怨愤之气。想我妈那时，也不过三四十岁的年纪。她哪里是不懂温柔啊，而是根本没有时间没有精力去温柔了。她那样拼死拼活的，却没有一个人感念她，包括我们做子女的。她是多么孤独和孤单。

好姑娘，你对你妈妈，是不是也是如此，被她的坏脾气蒙住了双眼，而看不到她在那“坏脾气”后的付出？一个中年女人，带着两个孩子，跟老公感情疏离，可能还时有拌嘴吵架。生活的压力或许也大，在工作上，在人际交往上。这样的一个妈妈，她的内心世界，该是怎样的纷乱而孤单。倘若你站在她的立场上考虑，也许，你愤懑的心，会平复许多。

这世上，没有谁是活得容易的。懂得了这一点之后，我们才能生起同理心，也才能对他人多一分理解，多一分宽容。

好姑娘，你和你妈之间存在的问题，不是爱不爱的问题，而是如何沟通，如何将心比心。不管如何，今生能够母女一场，都是值得感恩的。

她跟你絮絮叨叨，是她没能控制好自己的情绪。她把压抑了的情绪，对着自己亲近的人撒开了。常常，我们对外人能做到礼貌周到和颜悦色，偏偏对自己亲近的人，失了耐心。宝贝，你有没有犯着同样的错呢？

多反思自己，多站在他人的立场上着想，如果能做到这两点，一些矛盾，就能迎刃而解了。找一个合适的机会，好好跟妈妈聊聊吧，告诉她，你的心里话。也请妈妈告诉你，她的心里话。认认真真对她说，你爱她，你们不单要做母女，还要做最好的闺蜜，你的成长，还需要她的陪伴和扶持。

我相信，你们会慢慢融洽起来、亲密起来的。就像我和我的妈妈。毕竟，血浓于水啊。这世上，还有什么情感，比父母与子女的情分更深厚的呢？

梅子老师

草莓要开它的白花儿，
要结它的红果实，
这是草莓的活法。

第五辑　草莓的活法

天涯很大，芳草遍地

梅子老师：

您好。

我是一名大二的学生，已经二十岁了。几个月前，我谈了一个男朋友，是异地——我在山东济南，他在陕西西安。我们两个人很聊得来，也有了以后在一起的想法。有一天，他把我的存在告诉给了他妹妹，他妹妹就告诉了他父母，结果父母反对，原因是他比我大三岁，经不起折腾了。他父母怕我本科毕业后考研不去西安，让他白等三年。我也不知道该怎么选择，当时我就告诉他，既然父母反对，那就听父母的吧。刚开始他还坚持说会给父母讲清楚，后来他只说“对不起”，没办法给我一个未来。

我觉得未来是我自己走出来的，不是他给的。我的问题是，我一直说服自己放下吧，但心里总是想着他。刚开始，我告诉自己考研去西安，但是慢慢地，我开始怕了，我怕三年后我去了西安，他已经有了女朋友。因为我一开始考研的城市不是那里，因为他，我改变了想法。

现在的我静不下心来学习，总是一直在想以后怎么怎么样，也不知道该如何说服自己，要放下还是要坚持这份感情。我们已经很久很久不联系了，但所有的联系方式都还在。有时候，想起他来会感觉自己突然有了动力，有时候心里还是有一丝丝抱怨，为什么他真的就走了。

嗯，希望老师能给我一个关于当下我该怎么做的建议，很迷茫，不知道方向在哪里，不知道该怎么做，不知道该怎样对待感情。

谢谢老师。祝老师每天开心快乐！

您的读者：杨柳依依

依依你好，我把你的信，反复地看了好几遍，我没有看出动人和绮丽来。

爱情的样子，本该是动人和绮丽的。

恕我直言，你的这场爱情——我姑且认为它也是爱情吧，只是你一个人的独角戏，你陷在自我导演的爱情剧里，出不来了。

是，你的“受伤”是真的，你的思念和放不下，也是真的。然而，这都是你的一厢情愿罢了，你在自我折磨。

想想你们的相识，是不是有些肤浅？你们只是网上聊了聊，也许连面也没见过几次，并没有深入了解，这就有好感了，就爱了，就谈起未来了。结果呢？他的父母稍稍地反对，他便用一句“对不起”打发了你。姑娘，这还有什么好说的？你还没叫他为你冲锋陷阵呢，他就缴械投降溜之大吉了。

醒醒吧姑娘，真爱不是这样的。真爱是你哭，我陪你哭。你笑，我陪你笑。心里有一千个一万个舍不得，舍不得你为了我而疼而痛，舍不得你为了我千山万水。他根本不是这样的一个人哪，那你还幻想什么呢？

依依，读你的书去吧，考你的研去吧，走你自己的路。天涯大着呢，遍地芳草，也许你走着走着，就被真爱撞了腰。

你信中有句话我很赞同：“我觉得未来是我自己走出来的。”这就对了，你的未来，包括你的爱情，你的婚姻和幸福，都是握在你手里的，你且果敢地往前走吧。

也祝你天天开心快乐！

梅子老师

请面带微笑

梅子老师：

你好！

我是一名高一新生。偷偷告诉你，我复读过的，但仍旧没考上理想的高中，只差了几分，所以，我对现在就读的学校有一点儿怨气。

我似乎患上了社交恐惧症。我们班的同学都很活跃，他们在一个群里，谈天说地，你来我往，热闹非凡。我感觉我插不进话。对于不熟悉的人，我真的做不到自来熟。我矛盾着，我很怕会融入不进去，很怕被孤立。

我不是个很有趣的人，我也不玩游戏，不喜欢看当下流行的电视剧。我只喜欢安安静静地看书、跳舞，做那个自己。但过于沉溺在自己的舒适圈里，会觉得孤单，我也想要踏出去，却不知道该怎么做。我也想像我的同学们那样活跃，可以很快融入到群体中去。

我从小最怕孤独，却又喜欢孤独。我不知道你理解不？我害怕自己一个人被别人看到，也许是虚荣心，也许是我怕别人看……

你的读者：清茶

宝贝，你好。

你的信写得有点儿凌乱哦，不过，挺有趣的。

你偷偷告诉我，你复读过。我的眼前，便出现了一个可爱的姑娘，她压低嗓音，悄悄凑近我的耳朵，一字一字咬着说，脸上飘着羞涩的红云朵——这模样多么有趣！

你害怕着跟不熟悉的人接触，又羡慕着他们的那份热闹，你远远望着，徘徊着，纠结着，像掩在花丛中的一朵小小的花，想把自己藏起来，又怕别人看不到，真正是左右为难呀——这，也是挺有趣的。

你看着你的书，你跳着你的舞蹈，一方面享受着那份安静，另一方面呢，又想自己身上能发光，能让人看见，并惹来惊叹，呀，呀，这个姑娘多么与众不同呀——这，也是很有趣的。

人生的趣味，是多种多样的，不是玩玩游戏，看看流行的电视剧就叫有趣（那在某种意义上，是无聊），能有着自己的爱好，能做着自己喜欢做的事，能有着自己的想法，有着自己的坚持，有着自己的目标，这都是有趣的。包括，喜欢并享受孤独，也是有趣的。

但，乱丢怨气不算有趣。你复读过，原不是件丢人的事。多少人想走回头路还不能够呢，你看你多好，原先走得太匆忙，路边的景致你一定落下不少，这下好了，你重新走了一遍，又遇到一些新的人，遇到一些新的事，遇到一些曾忽略掉的景致。这大大的收获，岂是一张试卷能收纳和考量的？你后来没考上理想的高中，这本身也算不得什么大事，普通高中的老师并不比重点高中的老师差，有的甚至比重点高中的老师还要敬业，专业素养还要高，只要你步步紧跟，勤奋刻苦，最后一样能学有所成。

然你却生了怨气，且把这个怨气丢在你就读的学校上来了。它有对不起你的地方吗？没有。它妨碍你去考理想的高中了吗？没有。相反，是它接纳了你，包容了你。你说它冤不冤？唉，不是它对不起你，你对不起它才是，你要做的，是为它争光，让它日后能以你为傲。

宝贝，在你今后的人生路上，还会遇到一些不如意。到那时，我希望，你不要埋怨他人，不要埋怨这个世界，凡事要多多反思你自己：我够好吗？我够勤奋努力吗？宝贝，这个世界不欠你什么，你有什么样的能力，它就给你匹配什么样的人生。

至于融入到群体中去，一点儿也不难，只要你能放下你的清高和虚荣，就可畅通无阻了。早上到班级，遇见同学了，主动笑着问候一声早。晚上离开时，主动笑着跟同学道一声晚安。平时跟同学互相问问题目，借借文具，交流一些小秘密，结伴着去食堂吃饭……记住，做这些时，请面带微笑。微笑，是一个人的磁场，那种从内心里散发出来的恬淡、善良和好意，有着独特的魅力，不管是在你独处的时候，还是走在人群里。

梅子老师

只要天没有塌下来

我在一个学校做讲座，讲座完了后，一些孩子拿着自己的作业本或是书来让我给签名。他们争相跟我拥抱，有的孩子还调皮地在我脸颊上左啄一下，右啄一下，跟小鸟啄食似的，礼堂里充满快乐的笑声。就在这时，一个小女生挤过来，她手里捂着一张小纸条，不声不响地递给我。我笑着问她，是写给我的么？她不说话，冲我严肃地点点头，脸上一丝笑容也没有。我接过纸条，展开一看，大吃一惊，只见上面写着这样一行字：

谢谢你刚才的演讲。如果你今天没来，我现在已不在了。

我张开双臂紧紧抱住她，一时不知说什么好了。后面的孩子在催她，你快点呀，快点呀。我低头，迅速在她递给我的书上写下了这样的话：

宝贝，请记住，这世上，再也没有比好好活着更重要更有意义的事了。

我附上了我的电话号码，嘱她，若有什么不开心的事，你打电话告诉我，我们一起来想办法解决。无论什么时候你打我电话，我都在的。宝贝，请你一定要爱自己好吗？

她认真地看着我，低低道了声“谢谢”，挤出了人群。小小的身影，如水花一现。

——题记

宝贝，你好。

我已回到我的城。一放下行李，我就迫不及待坐到书桌跟前，想跟你好好说会儿话。

从昨天下午到现在，我的脑子里全是你。那么多活泼的孩子里面，你也是青嫩的一个，本应该也是活泼的热闹的，如盛开的花朵一般的。但你，却了无生机。我不知道你的小身体里，到底在承受着什么样的打击，让你想逃离这个人世。

这个人世，是有着太多的不好，让我们碰着磕着，痛得流泪，甚至流血。然而，它也有着很多美好的事情，慰藉着我们的眼睛和灵魂。比方说，眼下的这个秋天，就叫人欢喜。

你知道吗，昨天在给你们做讲座之前，我把你们的校园走了一遍。我看到秋天，正踩着碎步，在你们的校园里漫游。它徜徉在好大的一片银杏林里，那里，已描着一片一片的金黄。用不了多久，它将给你们端出一树一树的灿烂，如同挂满黄金。

它又在你们的教学楼附近转悠，那里，长着好多棵桂花树，浓密的枝叶间，已缀满了花苞苞。再过三五日，将是满校园都喷着香了吧，桂子月中落，天香云外飘。我想象着，你们读书时，刚一张嘴，哇，就咬了一口桂花香。你们低头写作业时，哇，那桂花香，像打了蜡似的，滑溜溜地溜到你们笔底下去，把你们写下的每一个字，都染得香喷喷的。你们在课间聊天，那桂花香，在你们的话语里乱窜。你们去食堂吃饭，去宿舍睡觉，都是踩着花香而去的。多好玩啊！

我还看到一串红开在池塘边。一池的锦鲤，在池子里快乐地游弋，像开在水里面的花朵。它们听到有人拍掌，就全都游了过来，嘴一张一合的，以为是要给它们喂食呢。你说它们傻不傻？都说鱼的记忆只有七秒，可它们怎么就记住了人的掌声？这很有意思的是不是？

是的，生活就是这么有趣这么好玩，如果你愿意去亲近的话，叶子会为你跳舞，花朵会朝着你微笑，天空会为你歌唱，鱼会为你游弋。宝贝，我们活着是为了什么呢？就是为了发现并爱上这些小美好啊。

如果因为一次跌倒、一场打击、一次不幸，我们就放弃了整个人生，那真的很对不起我们自己。尤其是你，你的人生才刚刚开始，就像一枚芽苞苞，它后面还要长叶，还要开花，还要结果，还有大把大把的好时光，艳丽斑斓。你又怎么舍得？

宝贝，你拥有明亮的双眼，你拥有矫健的双腿，你拥有青嫩的生命，这些只属于你，不要浪费它们好吗？不管你的世界里发生过什么，只要天没有塌下来，人生总还可以继续。快乐来时，我们享受快乐。痛苦来时，我们迎向痛苦。无论是身处黑暗里，还是光明中，只要坦然相待，就没有什么东西能压垮我们。

宝贝，你对这个世界来说，也很重要，有你在，这个世界便多了一份鲜活。好好爱自己。

梅子老师

生命是在不断行走不断遇见中

梅子老师：

你好。

我想和你说说我的烦恼，好吗？

我有个好朋友，是很好很好的那种，我们一起考到了同一所学校。刚开始她会来找我一起吃饭，一起回宿舍，尽管我们不同班，她也还是经常来找我学习。但是她最近认识了一个新同桌，我们每天吃饭，都是和她的新同桌一起去。我只能默默走在旁边，感觉插不上话。我很讨厌这种三个人的友谊，走在一起都是她们在说话，我就好像是一个陌生人。

我有一种被冷落、被排挤的感觉，而且还是被自己的好朋友，这种感觉真的不好受。她现在也很少来找我了，除了吃饭的时候。她也不会再等我，以前无论多少人说要跟我一起，我都会等她，可是她……

梅子老师，你能帮帮我吗？

你的读者：紫罗兰

宝贝，你好。

我们每个人，都对远方充满着渴望和好奇。我们认为的理想生活，是有诗有远方。是因为身边的事物不够好，我们不够爱吗？不，不，是因为人的心，它不是固死的僵化的，而是一直在蹦跳个不停，它渴望走到更广阔的天地里面去。

我们的一生，会路过很多的地方，会阅览很多的风景，有让我们魂牵梦绕的，有让我们怦然心跳的，但我们不会为此作长久停留。生命是怎么一回事呢，就是在不断行走不断遇见中。每一份遇见和相伴，都值得感恩。

宝贝，回头看看你走过来的路，虽则只有短短的十来年，但一定也有过不少的遇见和欢喜。你还记得幼儿园里的小伙伴吗？你们一起玩过游戏，一起天真无邪地闹过笑过牵手走过，两小无猜。你还记得小学的同学吗？你们分吃过零食，交换过文具，吵过又和好过，一起疯玩过，一起梦想着去探险。那会儿，日月在你的眼睛里，永远是那样的日月。然而，你长大了，世界也跟着你长大了。你有了新的天地，别人也是。你与他们，有的人可能还能并肩走一段路，有的人，却早已成了记忆中的影子，不复再见。随着年深日久，那些记忆中的影子，也将渐渐变得模糊，直到彻底遗忘。

这是人生的常态。

你的人生路上，曾有好朋友相伴，这就够了。你怎么能够要求她的世界里，永远只有你一个？就像你的世界里，也不可能永远只有她。你们都在往前走，走着走着，就天南地北了。你将拥有你的繁花盛地，她也将有她的琉璃温润。你们或许还会有交集，或许没有了，彼此深深祝福，才是对这段友谊最好的报答。

现在，你且抛开这一自找的小烦恼，快乐地融入到新的生活中去，你会结识到更多的新朋友，会获得更多的新的友谊。与你原来的这个好朋友，你可以继续相处，能走多远，就走多远，一切随心、随缘，不强求。再说，她有了新朋友，你该替她高兴才是，你们既然是好朋友，那么，她的朋友，也是你的朋友。

宝贝，不要把精力耗费在这样无谓的小事情上，世界大得很，有太多美妙的事，在前面等着你们呢。

梅子老师

你要能够独当一面

梅子老师：

你好！

我今年十六岁，最近我后爸和我妈在闹离婚，我选择了住校。但周末我是真的想回家，在学校的时候因为想家，我偷偷哭了好多次。但当我回家的时候，迎接我的是他们的争吵。接近一年，后爸对我妈随意欺负。我妈懦弱，骂不赢，却每次都让我不要参与。好多天以来，我每天只睡四五个小时，因为感冒严重到失声，心疲力竭，我不愿看到我想念的家是这个样子的。

这次回家，我后爸又骂我妈，我很生气，就回骂了我后爸。他就打了我，我打不赢，手上全是伤。那一刻我恨这样柔弱的自己。我哭了，求我妈离婚，但她说房子扯不清，只有我搬出去，她让我去找我亲爸要房子。从我出生开始，我亲爸就没管过我，我们家也没钱出去租房子。迫于无奈我去找了我亲爸，他让我妈和他说，又说他忙改天再说。那一刻，我就觉得自己被全世界抛弃了。

这一周在学校所受的委屈无奈，我都可以一个人承担，但回家看到后爸与我妈吵架，亲爸又不肯伸出手来帮助我，我觉得我撑不住了。梅子老师，我真的好无助，我该怎么办？

你的读者：小志

宝贝，你好。

很难过，当我读完你写给我的信。

让我抱抱你。如果你想哭，就哭一会儿吧。

大人们之间，常常有些莫名其妙的事情，他们会吵架，会闹出无限多的矛盾来，这个时候，宝贝，你最好不要去管。大人们的问题，就让大人们自己去解决吧。

当然，如果你后爸对你妈做得太过分了，上升到凌辱和施家暴的份儿上，你绝对不能再袖手旁观。你不要去骂去打，这个很不明智，也解决不了问题，弄不好，还弄出一身伤。你要求助于他人，求助于警察，求助于社会。相信，问题会得到妥善解决的。

摆在你跟前的现实，有点儿残酷——你已经没有人可依靠了，你到了必须依靠自己的时候了，你要能够独当一面。没有人关心你，那你就自己关心自己，你要好好吃饭，好好睡觉，这样才有力气好好读书。目前，读书是你唯一能摆脱家庭烦恼的途径，也是唯一能使你变得强大的途径。只有等你足够强大了，你才有能力保护好自己保护好妈妈。你且把前行路上的这些风、这些雨，都当作是对你人生的历练好了，所有的委屈，咱都可以把它化作前进的动力。是的是的，等你考上大学了，等你学得一身本领了，你就谁也不用怕谁也不用求了。

如果实在想家，就写日记吧。把思念的情绪，在文字里妥帖安放，用文字来安抚自己。你也可以走走亲戚。爷爷奶奶有吧？外公外婆有吧？他们不会不疼爱你的。

宝贝，全世界并没有抛弃你，山河日月，是别人的山河日月，也是你的。草木清露，是别人的草木清露，也是你的。你还有同学，还有朋友，还有老师，还有书本。

我也会一直在的。

坚持一下，再再坚持一下，你离飞翔的日子，已经不远了。

梅子老师

留得青山在

梅子老师：

你好。

我是世东。

今年的高考结束了，而我因为身患重病的原因，错过了高考，而且是永远地错过了。所以我有些悲伤了，心里塞塞的。

是不是错过高考，就等同于失去了飞翔的能力呢？

你的读者：世东

世东你好。

痛。替你。

现在，你的病情好转些了没有？但愿。

知道吗世东，在疾病面前，世间一切的所谓大事，都是小事，都可以忽略不计。包括高考。

错过的已经错过了，悲伤又能如何？要紧的是，眼下的路和今后的路。眼下，你要把身体养好，把精神养足。留得青山在，不怕没柴烧，只要你的人还在，今后就有无数种可能。

不知道你的“永远地错过了”是指什么。若你愿意，明年一样可以重新参加高考的啊。后年，大后年，也可以。新闻里曾报道过爸爸和儿子一起参加高考的事。你看，人家都做了近二十年的爸爸了，不也还是捡起从前的热情，走在追梦的路上？

现在的社会，给我们提供的飞翔的机会太多太多了，什么时候都可以重新开始。曾看过一个老太太的故事，老太太八十开外了，一天，她忽然心血来潮要学画画，买了纸墨笔砚，报了个老年绘画班，就热火朝天地学开了。大家都笑话她，这么大年纪了，养养老算了，还折腾个啥，能折腾出个什么来？然人家硬是埋着头，画呀画呀，活出了少年的样子。到她八十五岁时，成功地举办了个人画展。

想想吧世东，人家都八十五了，还能飞翔，你还有什么理由暗自神伤？高考不是人生唯一的路，高考之外，还有上千条上万条的路，无论你踏上哪一条，只要你用心去走，都会走出属于你的风景来的。

祝你早日康复。

对了，现在，外面的夏天已很夏天了，荷花都开好了，去看看荷花吧。

梅子老师

水的前头有水

梅子老师：

您好！

我是一个小学生。我从爱上读书开始，就很喜欢看您写的书，是您忠实的小读者。这些年，我一直有一个困惑，希望您看到这条信息，能给我一些答复。

从一年级起我的成绩就不错，也一直担任学校的大队干部。听起来，是令人羡慕的经历，可是，我平时却特别累！每当我读到您写的要爱生活的文章时，我都特别烦恼！我每天不是学习就是写作业，看似特别简单的两件事，在我眼里却特别难！

在我心里，理想的生活就是可以长时间干自己喜欢的事情，不用那么紧张。现在却正好相反，如果我不那么紧张，成绩就会被别人超越。您说我该怎么办呢？怎么才能在紧张的生活中寻到一丝快乐呢？

您的小读者：绾绾

小宝贝，你好。

看完你的信，我笑得不行。你还这么小这么小啊，就皱着眉头，纠结和累得不行，你怎么去走你那长长的一生呀。

担任学校大队干部让你有负担了么，是不是就要因此成为他人的表率和标杆？唉，千万不要。你那不过是协助老师做了一点事而已嘛，切不可认为那是你优越于别的同学的地方哦。你要弄清楚的是，你，和别的孩子一样，都是两脚踩在大地上的，你没有比他们多长出一个脑袋来，你也没有生出翅膀。你，就是一个寻常的孩子。对，芸芸众生，我们都是寻常的。

当你能够把自己定位在“寻常”上，你就会少了许多压力和焦虑。要那么紧张做什么呢？你会超过别人，同样的，别人也会超过你——这都是极其正常的现象。

宝贝，山的前头有山，水的前头有水。我们再聪明，也没有那么超能，可以打遍天下所有对手。我们可以有争取做“鳌头”的心，但切不可把那个“鳌头”，当作是自己专有的，非占有不可。我们应有的人生态度是，尽人事，听天命。说得更直白一点就是，尽自己的努力，一切顺其自然。

宝贝，不要把自己套在一个“壳”里，在那个“壳”里，只有学习和写作业，那会让你透不过气来的，从而生出惧怕，生出厌倦。久而久之，你的工夫没少用，学习的效率却大大降低。

我建议你，别过分约束了自己的天性，偶尔放松一下，玩玩你们这个年龄的孩子玩的那些游戏，也可以到乡下田野里去疯跑疯跑，顺便认认那些庄稼和野草。等你长大了，你回忆起童年的这一章，也不至过于单调。

宝贝，祝你健康愉快地成长！

梅子老师

懂得拒绝，也是对自己的一种成全

梅子姐姐：

您好！

首先表达一下对您的感谢！一直以来，您的文字都是我前进路上的萤火，温暖明亮，照耀我的心灵。有您的陪伴是我莫大的幸运。

我是一名高中生，还有不到两年的时间参加高考。在本就辛苦的高中生活里，我又遇到了难题。班里没有生活委员，班主任就让我来担任。最近，班里的原文娱委员辞职，班主任又希望我可以兼职。

班主任坚持认为，我属于比较细心的人，适合做这种工作。但我，尤其是我的家人，比较担心我的学习会因此受影响。我很为难，这两项工作加在一起，会很累很辛苦，真的很影响我的学习。但我做不到很好地向班主任去解释去说明……嗯，我真的是一个特别特别不会拒绝别人的人。

我也有很多其他缺点，比如没有安全感，很多事情过于细致而导致纠结，甚至细致到有点儿强迫症……现在我最困惑的是，我不知道该如何拒绝别人。

我很迷茫，很多时候遇到事都是我承担后果，结果包容了太多，反而使自己越来越没有安全感。闺蜜也说我太爱揽责任了。也因为这个，绝大部分时候我都无法传达出内心的真实想法。有时候我也害怕某一天突然承受不了了，反而会丢掉我的善良。

我该怎么做，才能显得既得体，又能说出真心话呢？

梅子姐姐，可以请您帮帮我吗？

您的读者：小梦

小梦你好，看了你的信，我有些心疼你。好孩子，你可不可以不要这么“懂事”和“听话”呢？

从小到大，你应该没少得到过夸奖、赞许和表扬吧？你温柔、乖巧、善良、努力、负责、善解人意，从不给他人添麻烦。你是同龄孩子学习的榜样，是大人们口中的“别人家的孩子”，特别让父母和老师省心。

你的“美好形象”就这么被塑造出来，被定格下来。这形象，好似一顶亮闪闪的桂冠，戴在你的头上。不管你走到哪里，不管你在做什么，你都习惯了戴着它。你的言行举止，你的所作所为，自觉不自觉地，都要为它添光。有时候，哪怕你心里有一千个一万个不愿意，你也绝对说不出口一个字，这个字叫：不。你怎么可以说“不”呢，那不是给自己的美好形象抹黑么？

你把自己套进了一个怪圈中，别人越是信任你、欣赏你，你越要表现得没有任何瑕疵，你害怕大家对你失望。结果，是你的责任你担着，不是你的责任，你也要担着。你越活越累，越累越纠结，越纠结就越害怕。你没有了安全感。

为什么会这样呢？还不在于你的虚荣！你害怕什么呢？不就是害怕别人不再信任你、不再欣赏你么？你一直活在别人的目光中，这就是你的虚荣心在作怪啊。

要从这样的“怪圈”中走出来，得看你的勇气了——你敢不敢正视自己，你其实并不完美？是的，你没有那么“乖”，你没有那么“宽容”和“大度”，你也会有情绪也会难过，你也会在意也会疼痛，你也有腹黑也有埋怨，你也有你不愿意去做的事情。

当你真正意识到并承认了自己的不完美，接下来就好办了，你根本不用考虑多少措词，只需态度坚决实话实说。“谢谢，但我不能接受，因为我胜任不了。”或者，就简洁明了地回一个字：“不！”掉转头去，你该干吗干吗去。嗯，请相信，你这一个“不”字，绝对不会影响到什么，别人的生活，一定都还按部就班着，而你，却甩掉了负累和面具，还自己诚实。

宝贝，咱有多大能耐，就做多大的事，不要为难自己，不要勉强自己。有时懂得拒绝，承认自己并没有那么好，也是对自己的一种成全。安全感别人给不了你，只有自己给自己。你是你自己的坚强后盾。你是你自己的守护神。

梅子老师

做好分内的事情

梅子老师：

您好！

我讨厌黑夜，因为每到晚上，总会让我想起很多往事，然后惭愧，自责，后悔。我觉得，往事总比现在美好，因为我摸不清未来。

我学着努力，可一停下来就会很痛苦。除了努力，没有什么能带给我慰藉。

我心事遍天，却不知向谁倾诉。因为我也不知道自己在烦些什么，总觉得活着很累，活着很痛苦。

我假装快乐，假装合群，假装让身边的人都因我而乐。可笑容的背后，是生活的阴暗面。

我思考人生的意义，却发现意义都没有意义；我想念故人，可故人早已忘却了自己；我讨厌遗憾，可遗憾偏是我一手促成。因而，我真的讨厌自己，讨厌自己的无病呻吟，矫情敏感。

就连写信，也要趁洗漱的空余。因为每个人都告诉我，你必须要有出息，你不得不去努力。接着，继续挑灯夜战。

这世界，仿佛没人能理解你。每个人都只在意你飞得高不高，却不在乎你飞得累不累。

吃得苦中苦，方为人上人。每个人都这么说。因而，我必须这么做。这么麻木地努力下去，这么痛苦地讨厌自己。

我该怎么办……

您的读者：天涯浪子

亲爱的少年，你好。

我姑且，这么叫你。

或许你已青春，但一颗心里，还住着个小小少年。小小少年有的迷惘、疼痛和负累——这些情绪，常常莫名其妙侵袭着你，甚至淹没你。这个时候，你不要惶恐。因为，这是成长中必然的裂痛。每个人在历经青春时，都或多或少有过这些情绪，只不过你的表现更为激烈些罢了。

成长，从来不是轻松的一件事。换句话来说，活着，从来不是轻松的一件事。

我想起小时看孵小鸡。且不说那母鸡所吃的苦，多少天蹲坐在一堆鸡蛋上，几乎纹丝不动，身下的毛都坐没了。鸡蛋的壳，终于越来越薄，可以望见小鸡的雏形，在壳里面晃来晃去。但母鸡还在努力着，又几天，小鸡挣扎着，就要拱破鸡蛋壳出来了，那个过程，缓慢、寂静、沉重，又充满神奇。终于，鸡崽们一个接一个，摇摇摆摆来到这个世间，它们柔嫩的小嘴，唧唧鸣叫着，绿豆似的小眼睛，好奇地张望着一切，一个天地因之而格外新亮。这会儿我回忆起那样的场景，还是无限的感动。即使活着有着千难万难，然每一个生命，依然在竭尽全力，争取活着的机会。这是生命的本能，也是生命最动人的地方。

亲爱的少年，我们已拥有活着的机会，这多么值得感激。接下来我们要做的，也就是怎样来过好我们的一生。

草有草的活法，树有树的活法。世上做人的标准，看似有着统一，要吃苦中苦，方做人上人。但每个人的活法，又如草如树一般，有着各自的路径。你根本不需要活成别人的模样，你只要活成自己的样子。

你现在所迷惘的，恰恰是你不认识“自己的样子”，你不知道自己要活成一个怎样的你。你本能地抗拒着世俗做人的标准，然而，你又找不到自己的方向。你被一股说不清的洪流裹挟着，不得不一路向前，你走得很累很累。你以为，这不是你本来的意愿。

那么请问，亲爱的少年，你本来的意愿是什么呢？小鸟学会飞翔，小鱼学会游弋，小马学会奔跑，花朵学会绽放……这都是生命分内的事情。是的，在练习飞翔、游弋、奔跑、绽放的过程中，要付出很多辛劳，要承受很多的风雨、疼痛和孤独，然冲上蓝天、潜游水底、奔跑于旷野、散发出清香的那一刻，我们会品尝到生命带来的甜蜜、欢愉和幸福。

对，我们的人生，所要获取的，正是这样的幸福。

所以少年，咱不要去想“人生的意义”那么深刻的问题，咱也不要逼着自己非得成为“人上人”不可，咱就做好分内的事情，好好对待自己，学学飞翔、游弋、奔跑和绽放，收获一些小幸福小甜蜜。至于能飞多高，能潜多深，能奔跑多远，能绽放多久，都不是你说了算的事，你又何必纠结与在意？说到底，活着是很私有的一件事，你的活，只为你自己。咱只要顺着自己的路径走，走到哪儿，就是哪儿。走着走着，花也许就开了。

梅子老师

成为自己的小太阳

梅子老师：

您好！

我是一名学生，我想和您说说我的故事。因为我有唇腭裂，出生时便被亲生父母丢弃，那时天在下雪。后来被人发现，几经周折送给我现在的父母。他们身体不好，但对我很好。

在我上初二的时候，我爸得肺癌去世了。学校给我爸组织过捐款，但我宁愿不要。当时学校没有告诉同学们是给谁捐的，不知道他们怎么知道了，然后就有很多人都看不起我，经常针对我，我也觉得抬不起头。渐渐地，我的心不在学习上了。我觉得我爸老跟着我。我总喜欢一个人走路。晚上我总想哭想自杀，喜欢一边自残一边笑，我觉得这样心里的压力会减轻一点。

初三，我从实验班到了普通班，想要好好学习，不再想以前的那些事。第一次月考我考了班级第一名，我很开心。他们还是针对我，说我是兔唇。我被他们搞得上课都没有心情。您知道吗？梅子老师，有一次，我们班有人说我，我和她吵了一架，还把自己杯子摔了，然后跑了出去。后来老师知道了，就教育了我们。晚上回到宿舍，有一个女同学问我："是不是你告诉老师你和张某某吵架的？"我说："我没有啊，我也不知道啊！"她们就有人说："不是你是谁啊！不要骗人了。你也不照照镜子看看你自己什么样子！"

我说不过她们，把头蒙在被子里哭。我想自杀。我很痛苦。那天上晚自习，老师正在复习诗词，我跑了出去，拉开四楼的窗户想跳楼，觉得这样就能解脱了！老师一下子把我拉了回来，班里却有人说，要死早点死嘛。

这就是同学吗，梅子老师？

梅子老师，我有一个愿望，就是做您的学生。您的每一本书我都看过都很熟悉。我明年中考的时候想考您所在的学校，您能告诉我您在哪所学校任教吗？谢谢梅子老师。我真的很喜欢您，虽然我们没见过面，但我却感觉您很亲切。

您的读者：巧儿

亲爱的巧儿，你受苦了！

曾看到过这样一句话：每个人都是上帝跟前的苹果，上帝偏爱谁，就会咬谁一口，留下一个深深的印迹。我想宝贝你，也许，也是上帝偏爱的一个孩子吧。

“唇腭裂”是上帝给你的礼物，那么，好，咱接受它。外表欠缺，咱拿智慧来修，拿灵魂来补。你现在努力读书，就是修补自身的好办法。当你的书越读越多，你就会走得越来越高，越来越远，你的天地也会越来越广阔。知识铸成的盔甲，最终会让你变得强大，无所畏惧。

生命给你设置了一重一重的磨难，可再多的磨难，也不会超过最初你在雪地里的那种孤立无援了。你的同学打击你，看不起你，那又如何？人世间的温暖和美好，到底还是多于寒冷和丑陋的。想想最初抱起你的那双温暖的手，最先接纳你的那个宽厚的怀抱。想想这些年，你行走的路上遇到的那些善良，还有待你极好的老师……他们，足以让你可以无惧这世间的寒冷和阴暗，让你留恋和珍惜。

曾经，那场冰冷的雪，也没能湮没幼小的你。现在，你又岂能不珍惜你的生命？宝贝，不管多么委屈多么伤心，也请不要自残好吗？咱的身体金贵着呢，咱能活到今天不容易呢，咱要好好保管好它。

不要去跟看不起你的人辩解，不要去跟针对你的人怄气，这犯不着啊。他们瞧不起就尽管让他们瞧不起好了，咱是兔唇就是兔唇又怎样？本姑娘从来不瞒不藏。当你坦然坦荡了，当你能直视命运的坎坷，并努力让它活出精彩来，那些针对你的无聊行为，也会变得软弱无力了吧。嗯，阳光一出来，阴霾就被驱散了，咱要成为自己的小太阳。

如果你还不能介怀，宝贝，我推荐你去看一本书，是美国作家莎朗·德蕾珀写的《听见颜色的女孩》。里面的主人公美乐迪比你不幸多了，她是个严重的脑瘫儿童，不能说话，不能行走，不能自己吃饭穿衣。一句话，最基本的生活能力，她都不具备。可她拥有聪慧的头脑，灵敏的耳朵，她能用耳朵听见这个世界颜色的回声。面对刻薄她的同学，她很潇洒地设计了一句台词：也许我们都是有残疾的，而你的残疾在哪里？

宝贝，不要让自己陷入情绪的泥淖里，把时间交给读书吧，交给一些细小的欢喜吧。比如说，现在外面下雪了，你会欢喜的吧？

梅子老师

从爱自己开始

梅子老师：

您好。

我是一名大四的学生，准备考研。最近压力有些大。

我从小害怕的东西有很多，是个对生活没什么信心的人，到上了大学也感觉过程不容易。

我现在很怅惘，也迷茫。因为没什么安全感，也因为学校的男女比例严重失衡，想谈恋爱也没能谈成。好像也是入世出世的困惑，我害怕用尽全部力气，也没法在这世上过上普通人的生活，也害怕用尽全部力气。

其实我也想过要不要去看看心理医生。我妈在我看来有点儿被害妄想症，我从小是她怀疑的对象。我妈也不容易，我们家有些不幸福。这么长大的，我一直不知道怎么喜欢自己。

您的读者：燕燕

亲爱的燕燕，你好。

你的这封信，我早些天就看到了，但我一直没想好怎么答复你。包括现在，在我做好准备开始答复你的时候，我还在犹豫着，不知从哪里说起好。

还是先说说我的窗外吧。冬天了，这几天一直是雨雾天气，一些地方在下雪。不少人愁着，什么时候天才转晴啊。我却听到无数的小雀的叫声，划破雨雾，它们并不介意这雨雾天，也不介意这样的寒冷，照例热闹得热火朝天。嗯，我这里的鸟雀实在多，它们一叫，似乎全世界都变得亮堂活泼起来。每每这时，我都觉得特别心安，特别好。说不上的，就是觉得有这么好的世界在啊，尽管有雨雾有霜雪，可是，有鸟儿在欢呼鸣唱，有树木在摇曳生姿，有花朵在静静开放……我可以无尽地享用。真的，好得很。

燕燕，当你也能感受到身边这些小美好的时候，你的心中定会充满一种喜悦，它会让你元气满满，它会让你品尝到一种叫幸福的味道，当你沉浸在这些美好里，哪里还有什么虚空、不安和迷惘。

你的原生家庭曾给你造成“伤害”，那是你没得选择的事。但现在，不同了，你已长大，你已有了独自选择的能力，你可以爱自己保护自己了。燕燕，从昔日的阴影里，一点一点走出来吧，不多虑，不枉思，把握好今天的每一个日子。

就从爱自己开始。

青春的女孩，不装扮也是可人的。假如你装扮一下呢？那一定是明媚无比！每天出门前，照照镜子，仔细给自己描个眉画个唇。青春的样子，本该就饱满得跟一颗水蜜桃似的。为什么不呢？纵使别人不欣赏你，你美给自己看也是好的。当那种美在你身上长驻下来，你的举手投足就有了足够的气场，这个时候，你不想惹人注目也做不到了。

再学会爱身边的事物。

哪怕就从热爱一个小物件开始，比如热爱一个漂亮的杯子。热爱一支好看的口红。热爱一盆花。热爱一棵树。热爱一声鸟鸣。热爱满月的光，照亮窗户。当你心中有了热爱，你的欢喜和自信就会不请自来。

不要害怕用尽力气，你的力气是用不完的呢。无论学习，无论工作，无论吃饭，无论睡觉，无论爱物、爱人，还是爱自己，你都要抱有十二分的热情，用力去做，不亏待属于你的每一个日子，那么，你的人生，一定活得很有光彩。

不要过分哀叹自己的“不幸”，怨天尤人。天才懒得理睬你呢，别人也懒得理睬你，你只有自己从里面爬起来才是正道。安全感不是别人给予的，而是你自己给予的。人生所有的困苦，都不是白受的，在某些方面，可以说它是人生的财富。因为经历过，才不会轻易被生活打败，才懂得内敛、怜悯和珍惜。

亲爱的好姑娘，世界这么好，好好爱着吧。

梅子老师

神奇的发夹

梅子老师：

您好。

我是您的读者。不知您会不会看到这个消息，但我还是发给您了。

我读了您的一本《风会记得一朵花的香》，很有感触。我有一件关于个人的事情，您能帮我看看吗？您的这本书里有一篇写的是要做自己，寻回自我，不要为别人而活。可是上了中学后，我不知道自己的性格到底是什么样的，我总是为了去挽留朋友或者去交朋友不断地作出改变，可是我累了，到现在我连自己是怎样的人都不知道了。我总是和别人聊不来，别人说我情商低，其实是为了和他们做朋友，为了跟他们聊得来，我才把自己变得很疯，嗓门慢慢变大，就是想引起他们的注意。

可是我想找回自我，老师您能帮帮我吗？我该如何找回自己，找回原本的样子？我真的不知道怎么办了。每次我去找同学玩，总是融入不进去，感觉没人把我当朋友。有时候真的觉得很累。我几次想找回我原本的样子可还是一无所获，我想找回我小学时候的人缘与自己……老师，您对我有什么建议，可以告诉我吗？

您的读者：小园

宝贝，你好。

我曾看过一个故事，不记得是在哪儿看到的了，不记得是在什么年纪看的了，但它在我的脑海里却留下了深刻的印象，让我时常会想起。

故事里，有这么一个小女孩，她总是觉得自己不够漂亮，不够聪颖，因此活得很自卑。别的女孩子三五成群在一起玩儿，神采飞扬地跳啊蹦的，她好是羡慕啊，她也很想融入到她们中间去，也想像她们一样的跳啊蹦的。但一走近她们，她自己就不自信了，总感觉到大家在笑话她，笑话她的丑，笑话她的笨，她为此苦恼不堪。

她去求佛祖，她说，佛祖啊，我也想变得像她们一样好看，一样聪明，怎样才能做到呢？佛祖笑了，佛祖说，她们的头发上，都别了一枚漂亮的发夹，只要你也有这样的一枚发夹，你就会变得跟她们一样聪明和漂亮了。

小女孩恍然大悟。她求佛祖也赐她这么一枚神奇的发夹，佛祖答应了。

小女孩如愿得到了发夹。她把发夹很认真地别到头上，刹那间，她觉得她整个人变得光彩照人起来。再出门，她就很自信地昂起头，欢欢地笑着，遇见每个人，她都声音脆脆地打招呼。大家把她看了又看，忍不住夸她，你今天看上去好漂亮啊。小女孩很开心，她终于融入到一群女孩子中去了，和她们一起快乐地跳啊蹦啊。

等她玩累了哼着歌儿回到家，妈妈看着她，高兴地说，宝贝，你今天看上去真可爱啊。小女孩得意了，她晃晃头说，妈妈，那是因为我的头发上别了一枚神奇的发夹呢。妈妈仔细地拨弄着她的头发，惊讶地说，宝贝，你的头发上没有发夹呀，但你的脸上，却有着比发夹更明亮的色彩呢。小女孩不信，她跑到镜子跟前，左看右看，她的头发上，确实什么也没有。

这时，佛祖的声音响在不远处，佛祖说，孩子，你的自信，就是一枚最好的发夹啊。

宝贝，我们每个人都拥有这样的一枚发夹呢，只要你找到这枚发夹，你也就找到了自己。

梅子老师

一张一弛乃是文武之道

梅子老师：

您好！

我今天十五岁了，来自一个普通的小县城，刚刚升入高中。因为奥赛班分数线降低了，我很庆幸自己能够进入奥赛班。由于中考成绩靠后，我的学习能力、学习习惯、学习效率真是赶不上其他同学，时时有面临被淘汰的危机感。“十一”假期我几乎每天都在学习，每天都学十多个小时，但是梅子老师，我的学习效率不高呀！这个问题在初中的时候就有了，上了高中我决心要改正，但是还没有改掉。

每个人都有清华北大梦，为了这个梦，为之努力奋斗。但我发现，我每天都很忧伤，心态不怎么好，每天都觉得压力很大。老师告诉我不要把成绩看得太重，但是我的心里真的放不下。马上就要月考了，我对自己的成绩感到特别迷茫，有的时候看到别人上课在画画、在睡觉，老师叫他们回答问题时，他们依然能答得上来，成绩还比我高。说心里不难受，这真是假话。

您的读者：韬韬

韬韬你好，祝你迈入十五岁的门槛。

我也生活在一个小县城呢。

我走过很多地方，其中不乏有光彩迷人繁华旖旎的，但到最后，我还是觉得我的小县城才是最好的。我熟悉它的每一丝呼吸，熟悉道旁的那些树那些花，熟悉这里的天空，熟悉我的左邻右舍。这是一种没办法说得清的眷恋，因为熟悉到骨子里，所以亲切。我多么希望你也是这样的，热爱你的小县城。我以为，人生是因为热爱，才有了追求生活的勇气和力量。

你很自律。你对你的人生有着明确的目标，且为了实现这个目标，付出了相应的行动，这是多少孩子不能做到的事。想来做你的爸爸妈妈该有多省心，他们不用苦口婆心整日对着你念念叨叨。

你却活得不轻松。你又怎么会轻松呢？每天都顶着那么大的压力，每天都在负重而行。唉，我都替你累得慌。

你不快乐，甚至是忧伤的。这种情绪如果持续下去，你将陷入忧伤的深潭中，学习的效率又怎会得到提高？好孩子，适当放松一下吧，一张一弛乃是文武之道，用在学习上，亦如是。

我欣赏为了梦想而拼命奋斗的人，但我不主张打时间战，以为时间花得越多，离梦想就越靠近。以为力气用得越大，收获也就越多。事实上，不是这样的。我们要善用时间、巧用时间才对，让每一分钟都能落地生根。就像你说的，有的同学上课似乎不怎么听讲，他在画画，他在睡觉，居然能回答出老师的问题，成绩还比你好。你哪里知道，那孩子在画画时，耳朵其实正听着老师的课呢；在睡觉时，思维也正在想着老师的问题呢，他只不过找到一种放松的姿态，让自己更有效地学习而已。又或许，他在无人的时候，挑灯夜战到深夜，对于老师课堂上讲的，他都懂了，也就没必要那么全神贯注地听着了，不妨用画画或假寐调剂一下。

好孩子，你现在要做的不是焦虑，不是患得患失，而是放松。不要搞时间战和题海战，重复地机械地做着同样的习题，那做十道题目与做一道题目有什么区别呢？还不如省下时间来，寻些别的乐趣，比如画画，比如唱歌，让紧张的大脑得到缓冲。当你再次投入到学习中时，你的精力才会高度集中。

我想起我高中时一个叫强的同学来，他做作业时，爱摇头晃脑，一边唱歌一边写作业。他还特别喜欢打球，一下课就抱着个球蹦，成绩却好到令我们多数同学只能仰望。问过他，你怎么做到学习玩耍两不误呢？他答，不会玩的人，是不会学习的。

“不会玩的人，是不会学习的。”这话真是有道理。会玩的人，精力才会得到滋养，才能够以愉悦的心情去学习，从而取得事半功倍的效果。

至于你最后能不能考上梦想中的清华北大，那都无关紧要了。考上固然好，若考不上也没关系，社会上那么多优秀人才，并非全是清华北大毕业的。你毕业于哪里不重要，只要你一直走在路上，便好。

梅子老师

独处是享有内心的宁静

亲爱的梅子老师：

您好！

我是一名初中生，从小学就读您的书，感觉您的文字就像初日暖阳，好温暖。

也许每个少年的成长都要经历一个阶段，体验孤独，无处诉说自己的喜悦和烦恼。我也在这个阶段，只不过很奇怪，我很喜欢这种状态，自己一个人静坐，无人打扰，没有虚伪的赞美，不需要僵硬的笑容，可以抛开所有包袱。渐渐地，我似乎与人群格格不入。女孩子在这个年纪，可能都聚在一起讨论喜欢的明星，开着玩笑，但我却喜欢捡一片落叶作为书签，在同学为自己班的球队加油时，静静地在一旁，捧着一本《文化苦旅》。我喜欢独处带给我的舒适平静。有时身处喧闹，我甚至感觉自己很多余，越是热闹，越是失落。

我有一个朋友，她很特立独行，有自己的个性，但老师经常找她谈话，就是因为她似乎有些不合群。我感到奇怪，难道世界上就不能有负面情绪，就不能有一点儿自己的想法吗？

梅子老师，您能告诉我吗，我该如何找到平衡？

您的读者：小羊吃草

亲爱的小羊，你好。

我们每个人来到这个世上，都是作为一个独立的个体而存在的，悲喜自知，冷暖自处，谁也替代不了谁。所以，以什么样的方式来生活，以什么样的心态来过日子，那完全是由我们自己说了算。他人喜欢热闹，那就让他热闹着去吧。你享受独处，那就独处着好了。到底是热闹着好，还是独处着好，这本身是没有可比性的，就像拿太阳和星星作比较，你以为哪个更好呢？太阳有太阳的好，星星有星星的好，它们各有各的运行轨道。只要以自己最舒适的方式，跟这个世界和睦共处便好。

你的朋友特立独行，有自己的个性，这没错，世界本就是千差万别五光十色的。但倘若她过分地离群索居，对诸事漠不关心，周围再多的事物，也难以引起她情绪上的波动，那就很容易陷入到孤僻中去。一个孤僻的人，是少有温度和温暖的。老师找她谈话，也是出于老师的好意，是想给她一些暖意罢了。每个人都有自己的负面情绪，这样的情绪可以有，但不能成为主导。否则，会影响到正常的人生和生活。

宝贝，独处不代表就是要隔绝烟尘，也不代表对万事万物都持冷漠态度。独处是享有内心的宁静。而能拥有这样的宁静，必须有旷达的情怀，和一颗热爱自然万物的心。对，一定要有热爱。比如你热爱读书；比如你热爱一片落叶。正因为有了这样的热爱，你虽孤独，但不寂寞。

美国有个女诗人叫艾米莉·狄金森，二十五岁之后，她基本上就谢绝了社交，独自在自家的庭院里生活，几十年的时间里，她写下近两千首诗作。但她性格并不孤僻，相反地，很活泼很机敏。她独处时，喜欢养花种草，并为此做了各种植物标本，用来美化她的居室和她的书。她还特别爱厨艺，喜欢一个人做美食，并因此而获过奖。她很享受她的独处时光，并把这样的时光，活成了诗和花。在她的晚年，她曾写下这样的两行诗：

烟雾与光，人与虚幻，我与世界。

请记住，我曾经来过。

她把人生写成了传奇。尽管如此，她也并没有把自己隔绝在世界之外，她永远处在世界的怀抱中。

梅子老师

敞开心胸做自己

亲爱的梅子老师：

您好！

我是一名高一的学生了，似是随着年龄的增长，烦恼也越来越多。我不知道该怎么办，所以就想给您写一封信。

从小到大，我的身上被贴上了各种各样的标签，例如：乖乖女、懂事、听话、惹人疼……我不敢反抗，所以便一一接受，久而久之，它们似乎真的成了我的代名词。

每认识一个人，她都会说：你好淑女，好文静，好温柔啊！对此，我总是一笑而过。同学们见到我，总会喊上一声：冬冬姐。您可能会认为，这多好啊！大家都认识你，都和你打招呼。不，梅子老师，我想说，我是孤独的，我真的感觉好孤独。

去往食堂的路上，我一人独行，夜晚回家的路，我依旧独行。班里的同学有说有笑，可我却像个圈外人，插不上一句话，似乎一点儿都融不进他们。我依旧保持着微笑，但我的内心真的好难受，好难受。他们不知道我的微笑只是为了掩盖我的孤独，我的不爱说话只是因为没有一个朋友可以听我倾诉。

我也想像其他的孩子一样，受了委屈，心里难受了，回到家可以和父母说。但我不能！我的父母是严肃的，不瞒您说，我真的很害怕他们，很害怕很害怕。我的父母从来不会带我出去玩，他们只会说，为什么人家的成绩可以这么稳定？

我本来就很难受，很孤独。听到他们这么说，原本想说的话怎么也说不出口。我还想告诉他们，你们的女儿也很努力，也很优秀，只是不知道为什么就是考不好，总在一百名左右。我一直都是老师身边的红人，每到一个班级，老师都会很喜欢我，我的父母就会说，老师觉得你好有什么用？成绩不还是没起来？我真的很难受。

久而久之，每遇到什么事，我都是自己憋着，实在难受了，就躲起来一个人默默地哭。第二天上学了，我又遮住自己的伤口，还是他们那个冬冬姐。

梅子老师，今天弟弟乱动我的东西，我说了他一句。我妈妈就说我两个星期才回家一天，刚到家就和弟弟吵架，她说了我好久。我真的很难受，在学校孤零零的一个人，只能不断地学习，回到家不仅没人可以倾诉，还要被训。梅子老师，其实，我只是不喜欢别人未经我同意就动我的东西，您可能会认为我这是自私吧，我也不知道。只是一个人久了，那些东西就像是自己的最后一道防线，你动了，我好像就没了保护，好像自己最后的东西也被抢走了。

梅子老师，我真的不知道该怎么办。孤独？考不好？和父母的距离越来越远？

梅子老师，不知道这封信您是否能收到，但我依旧想试试。

愿您：烦恼随风而去，不复返；欢乐随风而至，流水长。

您的读者：冬儿

冬儿，你好。

今天是个特别的日子，西方人把今天叫作圣诞节。它本来是一种宗教纪念仪式，纪念耶稣诞辰。但后来，它渐渐发展成一个狂欢的节日，就像我们国家过春节一样热闹。它的来源和本意，人们已不去在意和关心了。人们关注的是，可以通过这个节日来消遣快乐，拥抱值得感激的人，给喜欢的人送去礼物，甚至给陌生人也送去祝福。

冬儿，此刻，我也想对你说一句，要快乐啊，好姑娘，愿你一生平安顺遂。

你说，从小到大，你被贴上各种各样的标签——乖乖女、懂事、听话、惹人疼。这些好孩子才有的标签，让你深受其累，于是，你分离出两个你。一个是戴着面具，展示给父母和他人看的你，那个你，温柔、文静又听话。而另一个你，是住在你身体里的你，当你微笑的时候，她在哭泣。当你低头答应一声好的，她却在说，不，不要。她活得脆弱、憋屈、孤单，她没有朋友。

好姑娘，这两个你，都不为你喜欢吧。你想要的一个你，她可以乖一点儿，但不要那么乖。她可以文静一点儿，但不要那么文静。她也可以闹，可以哭，可以任性，可以无理。是的是的，这是一个姑娘本应该有的样子。可是你为什么就拥有不了呢？原因不在于他人，而在于你自己，是你太过胆怯，是你害怕失去。

也许，从小到大，你听到的肯定和表扬太多了，诸如“乖乖女、懂事、听话、惹人疼”类似的标签，这些标签并不是你一生下来，就贴在你身上的，而是在你成长的过程中，慢慢儿地，一个一个贴上去的。当你每被贴上一个，你有短暂的眩晕感吧，甚至还有些沾沾自喜吧？那种被认同的幸福感，让你舍不得撕下它。就像小时在幼儿园里，因为表现好被老师奖励了小红花，那小红花要一直一直戴在胸前，让每个看到的人，都夸你一句，啊，冬儿是个好孩子呀，得了小红花呀。可是，当你后来不小心弄丢了小红花了，生活怎么样了呢？它真的没有变得更坏呢。

冬儿，如果那些标签贴在你身上，只让你感到累，你何不撕掉它？

要那些标签做什么呢？敞敞亮亮做自己，你有你的坚强，但你也有你的软弱，你不妨把那些软弱示给人看。是的，你没有他们想象的那么完美。这样，你做人会轻松多了，因为不用伪装呀。你反而会得到他人的理解，会很快融入到你的同学中去，或许还能获得一两个知心朋友呢。

对于学习上的事，你有什么可自责的呢？你已经尽力了呀，问心无愧了呀，这就很好了。想想，你已经很不错了呢，成绩能排到一百名左右。你后面还有那么长的队伍呢，那些排在你后面的孩子，是不是望到你都要羞愧死了？名列前茅的毕竟只是少数人，我们可以有争取第一名的心，但切不可以此作为衡量人生的意义。人生的意义，并不在于最终目标的实现与否，而在于行走的过程，在这个过程中，你是否认真走好你的每一步，是否快乐，这才是最重要的。

和父母之间，我们要善于沟通。父母是爱你的，这点你不会否认吧？只是他们爱你的方式，与你想要的，有些出入罢了。你大可以说出来呀，对自己的父母，有什么不能说的呢？好姑娘，不要把心思都在怀里揣着，你不说出来，父母就永远不可能知道你的真实感受。倘若你当面不好说，你也可以选择采用书信的形式，给他们写一封信吧，把你的委屈，你的努力，你的爱，统统写出来。我想，父母读了之后，一定会有所感觉的吧。亲人之间不是用来误会的，而是用来爱的。

冬儿，只有你敞开你的心胸，外面世界的缤纷，才会进得来。

梅子老师

找回步入阳光的能力

梅子老师：

您好！

我是一名高三的艺考生。有时候我总是觉得，外表乖巧的我，心底总有叛逆在隐隐作祟。十八岁的年纪，我去文了身，开始抽烟。

记得小时候看您的文章，有个女孩在手上刺了一个爱，她哭着和您说，她想要爱。我觉得小小的她，真的很像现在的我。很愧疚，读您的书，却并没有长成像您一样温暖的人。记得您当初来学校做讲座，您温温柔柔地喊："宝贝儿，宝贝儿。"心都要被你叫化了，瞬间变得柔软。

而此时此刻，我连续十多天凌晨三四点才勉强入眠。烟好像成了一种药，身上的文身不说话，安静地陪着我走过每一个不眠的日子。您笔下的生活甜美安宁，我也曾在这样美好的时光里成长。现在阳光依旧温暖，微风依旧和煦，可我总是觉得很冷，很冷。

您的读者：玮玮

玮玮宝贝，你好。读你的信，我的心一个劲儿地往下沉。想你文身时，该多疼啊；想你抽烟时，烟多呛人啊；想你难以入眠时，身体该有多煎熬啊。倘若你是我的女儿，我该多么自责和无地自容。

推己及人。玮玮宝贝，你也有是有父母亲人的，当他们得知了你生活的真相，他们该有多难过。我们可以借青春的名义叛逆、张狂、率性而为，但当这些行为触及生命的底线——健康，和正常的生活时，我们就应该懂得反思和及时刹车了。

我不想寻问你到底遇到了什么难解的结，那没有任何意义，因为发生的，都已发生。或许，本就没有什么结，你只是陷入了青春期的迷惘中。不管是出于什么原因，宝贝，我都不希望你用毁灭自己的方式，来麻痹你自己。这种做法非常地蠢，因为，你所有的伤，都必须靠你自己慢慢养。且将来，你说不定会悔恨呢。

我曾遇见过一个二十八九岁的女孩子，她在商场里做营业员。她的手臂上，文着一条巨蟒，触目惊心着。她把她的手臂拼命地往袖子里藏，脸红红地跟我解释，年少时不懂事，现在洗也洗不掉了。我笑了笑，我并不介意她的文身，别人或许也不介意。但是，她介意，年少时的“伤疤”，已烙在她的生命里，不是轻易就能去掉的了。

我遇见另一个女孩子，是做家政服务的。她给我留下深刻印象的是她的笑，她的笑太感染人了，像风吹过铃铛一样，叮叮当当，清脆入耳。她麻利地扫地擦窗子，一边跟人讲着什么笑话，听的人还没怎么笑呢，她已叮叮当当笑个不停了。她一笑，全世界的阳光似乎都跑了来，让人觉得特别地明亮和愉悦。

我以为她是天生的乐天派。但她说，不，我曾经也灰暗过一段日子呢。曾经，她是家里的小公主，父母是做生意的，锦衣玉食惯着她。她念书时，也就没怎么好好念，想着反正家里有钱，她日后不愁生活没着落，又何必辛苦读书呢。但生意场上的事，谁说得清呢？昨天还是家财万贯，今天也许就家徒四壁了。在她高中毕业的时候，父母的生意一落千丈，连住房也被卖了抵债，父亲出去以酒买醉，在夜归途中，出了车祸，当场死亡。母亲精神大受打击，一病不起。那个时候，她从云端，一下子坠落到泥地里，哭天抹泪，连死的心都有了。可是不能啊，母亲还要靠她照料。她出去找工作，因学历低，处处碰壁。她灰心过，颓败过，但最终，她自己站了起来。她报了家政培训，一点一点跟着学习，渐渐地，在这行里做得熟练起来，出色起来，有了自己的团队——阳光家政服务公司。她说，在阳光里生活，就要有步入阳光的能力。说完，她又叮叮当当笑起来。

我真是喜欢她的笑，仿佛身上装着个小太阳，一笑就光芒万丈。拥有这样的笑容，尘世再多的艰难，都可以越过去的吧。玮玮宝贝，你若笑起来，会不会也像这个女孩子一样，叮叮当当清脆入耳呢？不管过去有过什么不快乐，我们统统原谅它好吗？从现在起，把烟戒了吧，一日三餐好好吃，一天一觉好好睡，太阳好的时候，仰起自己的脸，让太阳晒晒。没有太阳的时候，在心里给自己画一个太阳，对自己笑一笑。是的，我们要先抱紧自己，给自己取暖，打开心扉，接受阳光。然后慢慢地，你也就会找回步入阳光的能力了。

梅子老师

每个人都有自己的短板

梅子老师：

您好！

在微信的公众号里阅读您的文章，又笑，又哭，很感谢您的文字治愈了我。

最近有件烦心事，我有些想不开，虽然一直觉得人生难免有挫折，撑撑就过去了，但还是有点儿烦心。

我想问您的是，如果一直在一些学科中找不到方法怎么办呀？一些我学不好的学科，我的同伴却学得最好，有时我竟会生出不好的情绪。我知道这会伤害友谊，可我控制不住。这让我郁闷和烦躁，为什么我学不好呢，我也尽力了。

父母也只看成绩，他们告诉我付出就要有结果。我却认为，追逐梦想重要的是过程，就像您说的一样。

谢谢您看到这封信。

愿尽早收到您的回信。

我会继续热爱文字和音乐的，谢谢您。

您的读者：天使的翅膀

宝贝你好，你让我想起我的中学时代了。

那时，我最痛恨的科目是物理。我始终弄不懂电流是怎么回事，一看到那些计算公式，我的脑子就要炸开，每次物理考试，都可能成为我的噩梦。但我的好朋友却学得兴趣盎然，她一直做着物理课代表。去参加地区的物理竞赛，高手林立，她也能捧回大奖。

我嫉妒她吗？没有。只是有些羡慕而已。她也有羡慕我的，我语文好呀，好得她怎么追赶也追赶不上。后来，我读了文科，她读了理科，我们发挥着各自的专长，在各自的领域里，抽枝长叶，开花结果。

宝贝，尺有所长，寸有所短，我们每个人都有自己的短板。也许，某些学科它就是不对我们的胃口，怎么努力也没用。那就尽自己的心，尽自己的力，能做到哪步，就做到哪步。如果你已尽心尽力了，你还郁闷什么烦躁什么呢？

不要嫉恨别人的好。世界这么大，大山有大山的好，平原有平原的好，每一个存在，都有自己的位置，做好自己就是最好。

有付出必然有结果——这句话没错。只是要看我们如何看待那个结果。有人只看到了表面成效，而有人却看到了那一个一个结结实实的脚印，成为生命中最饱满的印迹。在追逐梦想的过程中，倘若你一步一步坚持下来了，这就是最大的成功。

梅子老师

成为一棵树

梅子老师：

您好！

我是一名高职的学生，明年这个时候毕业。

读了很久您的书，您像是一个树洞，又像一个太阳，一直带给我光亮。可有些事情我和爸爸妈妈说不明白，只好请您来帮我解决烦恼了。

我亲爱的老师，是这样的，我恋爱了。他是一名高三的学生，比我小一岁。一年多的相处使我对他有些依赖，我很喜欢他，他也是，我们都在努力。但是这一年的相处也让他对我有了彻底的了解，我的小脾气，我的任性，全部暴露出来了。我很烦恼，分手是我提的，之前也提过很多次。我知道您可能觉得我对感情不认真，不是这样的，相反，我很认真，但总是找不到最好的表达方式。这次我提分手后，他同意了。我以为他还是和以前一样，会纠缠着不离开，没想到，被分手的是我了。

老师，我真的不知道该怎么办了。他说我应该努力，也要改改自己的缺点，不可以总那么任性，他现在不会再相信我了。可能迫于学习压力，他也不想谈恋爱了。老师，我理解他，也不想逼他，可我心里却怎么也放不下他，没了他，好像整个世界没了光亮。以前，我们把未来的路都想得很明确。我毕业去他读大学的那个城市工作。但是现在那个方向变得越来越模糊了，我慌了。

老师，我该怎么办？我想等他，等他毕业再看看缘分，可是我心里总悬着，怕他喜欢上别人，怕他等不了我。

您忠实的读者：香蕉

亲爱的好姑娘，你好啊。

看了你的故事，让我想起一首古老的歌谣，歌谣是这么唱的：

彼狡童兮，不与我言兮。维子之故，使我不能餐兮。

彼狡童兮，不与我食兮。维子之故，使我不能息兮。

诗里的姑娘，像不像你？两个人在一起时，她爱耍耍小性子，爱玩玩小考验，爱发发小脾气。直到他厌倦了，真的撒开手了，再不与她说话了，再不跟她一起吃饭了，她却又难过得很，不能餐不能息的，唉叹连连。

看来，千百年来的女孩子，都犯着同样的一种病呢，这种病叫公主病。心是善良的、脆弱的、柔软的、稚嫩的，渴望着被人捧着被人哄着，只是现实生活中，少有耐心的王子出现。生活是繁乱的，要应付的事实在太多，我们的恋爱，以及将来的婚姻，应该给繁乱的生活带来茵茵的芳草、幽香的花朵、可口的美食，给疲倦的身心带来愉悦、甜蜜和安慰，而不是更添风雨。

好姑娘，你现在要做的，不是难过，不是患得患失，而是好好地面对自己。你还在完成学业中，他更加是。高三是整个中学阶段最为紧张的时期，这个时候他若分心，势必给他一生造成很大的影响。倘若你真的喜欢他，应该让他专心于学习，以旺盛的精力，迎接高考才是。你呢，也要趁着现在，趁着还在学校里，多读些书，学点儿技能，用知识把自已武装起来。即便将来两个人没有可能再发展下去了，你也不至于太过慌张。因为，你无须依附于任何人，可以凭自己光彩照人地活着，且因这样的光彩，吸引到真正喜欢你的那个人。

我很喜欢舒婷写的《致橡树》中的一句话：“我必须是你近旁的一株木棉，作为树的形象和你站在一起。”我把它送给你。真正美好的爱情，应该是这样的模样：你若以树的形象站立着，那么，我也努力成为一棵树。

还有，请你记住，人与人相处，哪怕关系再亲密，也一定要给对方给自己留点儿空间，好正常呼吸。

梅子老师

活在自己的愿景中

亲爱的梅子姐姐：

您好！

我是您的忠实读者，感谢您能在百忙之中抽出一点儿时间来读读我的信。

我是一名高二的学生了，我喜欢您的文字，喜欢那种暖暖的风格，自我初一开始偶然间接触到您的作品，便一发不可收拾地爱了六年。

我想跟您聊聊我的故事，这个想法在我心中已经酝酿好久了。我很爱您的文章，但我更爱里面一个个鲜活的人物。

我认为我是一个“双面”的人，当我看到那些叛逆最终却又步入正轨的人物时，我想到了我自己。“栀子花，白花瓣，落在我蓝色百褶裙上”——您写的张丹的故事，我反反复复读了好几遍，我喜欢那个叛逆却又敢爱的女孩。

现实生活中的我就是这样的，内心叛逆，追求个性和张扬，也就是这样，我会抽烟会喝酒会打架会逃课会玩滑板，是一个“不可理喻”的坏女孩。可在老师和家长面前我又是那么的优秀，成绩常年地名列前茅，我是老师的骄傲，是家长的明珠，知书达礼的好孩子。

但是就是这样一个两面的我，真的撑不住了：我一方面不想放弃自己的内心，我喜欢那些酷酷的事情；另一方面我却没有勇气做一个名副其实的坏孩子，因为我知道我不能辜负了那些人的期望。外人看不出来那么爱玩的我为什么会考出那么好的成绩，他们不知道我半夜苦读到凌晨，不知道我叛逆的背后还爱读着那暖暖的文字。我就是这样的一个双面人，我很困惑，为什么就是这样双面的我，不能得到大家的认可，难道这世界只有好和坏，一槌定音你就是好学生和坏学生吗？

梅子姐姐，我来这儿请求您的帮助，我不知道这样做是否正确，我也不知道自己算不算得上是一个好女孩，我不知道我下一步应该怎么做。我想好好学习，可我内心的小魔兽总是会扰乱我。希望能得到您的帮助，谢谢您。

您的读者：爱可可的女孩

我叫你可可，可好？

可可，谢谢你，爱了我的文字六年。它见证了你从一个小姑娘，长成一个大姑娘了，这是我的文字的幸运。

我们每个人的内心，都住着一头不安的小兽呢。我们一方面遵守着道法礼仪，按着被设计好的人生路，向前走着。但另一方面，我们又羡慕着小鸟的自由，想逃离人生应有的轨道，去走走那些不曾走过的路。

这没有什么不好。谁的青春里，没有几分张狂？那些活色生香的“叛逆”，那些“酷酷”的事情，都是平淡之中泛起的小浪花。人生因此，多出一些体验，多出一些可能性。

只是亲爱的可可，在你做出任何行为之前，请你一定要先掂量一下，它会不会伤到你，会不会伤到他人。假如它真的能让你心情愉悦，能使你在事后想起，也绝不后悔和内疚，那么，你尽可以去做。

世上之事，有时的确很难用对错来简单区分，它不是非黑即白。但你的心中，一定要有个衡量的标准。我以为，仰不愧于天，俯不怍于人，能做到这一点，就很棒了。

或者我们定个简单易操作的标准：不伤人，不伤己，不危害社会。那么，你做什么，或不做什么，都是你的自由。

亲爱的好姑娘，人活着，不是活在他人的期望里，而是活在自己的愿景中。要成为怎样的人，将来要遇见一个怎样的自己，都是你自己说了算的事。

你的愿景是什么呢？如果你想好了，你就一心一意朝着它走吧。

梅子老师

草莓的活法

敬爱的梅子老师：

您好。

我有些烦恼想和您倾诉，但思绪太多，难免语序混乱，还望您包容。

首先，也是我认为最重要的一点，就是我是个很认真负责的人。这本是件好事，但事事认真未必是好事儿。在我们班级里，有很多人不屑于班级公务，这与我的三观极其相冲。这时候我总是想发脾气，但转念一想，有必要为了这点儿小事就毁了人缘吗？今后到了社会上，不是还有很多这样的人吗？难道你能一一指责？

我是个崇尚范仲淹思想的人，所以总是哀叹这个社会某些不太上进的思想。我犹豫自己该成为怎样一个人。有些事情，按这个时代的说法，怎么说都对。世上道理太多，总会有矛盾。

其次，我迫切希望自己能变得更好，思想觉悟更高，但事实上，我总是在一些与人相处的事里犯浑。我害怕自己一辈子也绕不出去。朋友跟我讲，人的性格总归会有缺点，你要接受。但我想变得更好，这有错吗？我希望自己能宠辱不惊，不需要他人，做很有气势的人。我有很强的好胜心，希望别人服我，我能光彩照人，然而事实上，我开朗得有点儿疯疯癫癫。我是个很在乎别人看法的人，我不知道我能不能改变自己的性格。

最后，我对爱情很迷茫。我并没有喜欢上某个人，有时候会想，这辈子都不会喜欢上谁，最多做知己，结婚也是直接做亲人。我觉得中国缺乏对这方面的教育。

请您原谅我的话有点儿多。希望您能给我建议，是不要想太多，在经历里总结、思考，还是多读书呢？

此致

敬礼！

您的学生：红叶

红叶你好，读到你的信时，我刚好看到一个小故事，想复述给你听。

故事说的是，有这么一个国王，他拥有一片花园，他在花园里长了很多的树、很多的灌木和花，大家都按着自己的次序长着，花园里一片生机勃勃。国王很高兴，常去他的花园散步，摸摸这棵树上的叶子，嗅嗅那朵灌木上的花朵，日子美好得不得了。

一天，国王又去他的花园散步，却被眼前的景象惊呆了：花园里一片凌乱，植物们失去了往日生机，全都倒伏在地上，气息奄奄。国王非常不解，忙向植物们寻问原因。结果，植物们各将一肚子的怨气撒向他。

橡树说："我无法长得像松树一样高，不想活了。"

松树说："我不能像葡萄一样结出果实，还活个什么劲儿！"

葡萄说："我不能像玫瑰一样开花！"

玫瑰哭了："我怎么也没办法长得如橡树一般高！"

国王听得哭笑不得。他的眼光忽然瞥到一株草莓，它夹杂在灌木丛中，正努力开着它的花儿，白色的花朵，如雪染出来似的。青翠的叶子，油亮饱满着。国王意外极了，问那株草莓："大家都死气沉沉的，为什么你却活得这么兴高采烈的？"

草莓看了国王一眼，笑笑说："哦，我也不知道为什么。我只知道，我是株草莓，就要活得像株草莓。”

其他的植物们听见了，醍醐灌顶。不久，国王的花园，又恢复了往日的生机，橡树按着橡树的样子长着，松树做着它的松树，葡萄欢欢喜喜地爬着它的藤，玫瑰在风中摇晃着它的花朵。草莓呢，则结出了又红又大的草莓，路过的风都忍不住要趴到它身上，不肯走了。

红叶，这世上的存在，原各有各的个性，各有各的道理。奋发上进是一种活法，光华璀璨是一种活法，安贫乐道是一种活法，守住本分也是一种活法。就像草莓要开它的白花儿，要结它的红果实，这是草莓的活法。海之所以阔大，是因为包容，鲨鱼鳄鱼可以在里面出没，小鱼小虾也可以在里面游弋。

你有好胜之心，你想光彩照人，这都是你自己的事，你自己修身就好了。但亲爱的，请你记住，光芒是从一个人的身体内部散发出来的，而不是从别人嘴里说出来的，也不是从别人眼里射出来的。要让别人服你，你要有这样的资本和能力，而不是靠强势。一个人拥有的资本和能力，靠自身修炼而来的才算数。人的一生，倘若能做好自己，能够真诚待自己，能够真心实意地喜欢自己，也就不枉活过一场了。

至于爱情，等你遇到了再说吧。人类之所以能够千秋万代，能够生生不息，就是得益于爱情——这枝明艳的甜蜜的永不衰败的花朵。

读书是件终身受益的事。多多读书吧，亲爱的。

祝你愉快！

梅子老师